ソヨンドン物語

チョ・ナムジュ

古川綾子 訳

筑摩書房

目次

＊一ウォンは約〇・一一円です（二〇二四年三月現在）。
＊年齢は、満年齢で表記しています。
＊書名の「ソヨンドン」はカタカナに、本文の町名は「ソヨン洞《ドン》」とした。

装丁　名久井直子
装画　坂内拓

This book is published with the support of Literature Translation Institute of Korea（LTI Korea).
本書は、韓国文学翻訳院の助成を受けて刊行されました。

ソヨンドン物語

春の日パパ（若葉メンバー）

ソヨン洞の住民は本当に純真ですね

春の日パパ　若葉メンバー
2018.5.14.00:13　再生回数 87　　7　URL コピー

ざっくばらんにお話ししましょう。
一昨年にソヨン洞の東《トン》亜《ア》マンション分譲の第１期と、ウルラ洞の大《テ》林《リム》マンション分譲の第２期、どちらにするか迷ってソヨン洞の東亜マンションを購入した者です。
当時、２つのマンション価格に大きな差はありませんでした。

今はどうでしょう？
ウルラ洞の大林マンションは１億ウォン以上値上がりしましたが、
ソヨン洞の東亜マンションは当時のままです。

ウルラ洞だけでしょうか？
ソヨン洞を除く、ソウル市の全地域が値上がりしました。

ソウル市の最近のマンション相場をご存じですか？
不動産会社に値引き攻勢され、捨て値同然で売り渡す方々、
非常にはがゆいです。

必死に働き、倹約して貯めた、皆さんの大切な資産ではありませんか？
なぜ、その価値を自ら貶めるのですか？

春の日パパ の投稿をもっと見る>

79　7　　｜申告

警告のDMが届きました

春の日パパ　若葉メンバー

2018.5.14.21:48　再生回数 125　13　URLコピー

昨晩に投稿した内容が
会員間の分裂を助長したという警告のDMが届きました。
今後このような内容を投稿した場合、
会員ランク降格となり、書きこみができなくなると。
誰の判断ですか？？？
コミュニティサイト運営陣の意見は、会員全体の意見ですか？

現在、

「ソヨン洞の不動産会社の真実」

「ソヨン洞の学区は江南《カンナム》に引けを取らない」

「東亜マンション分譲第１期の方角にソヨン駅３番出口ができたら」

この３つの文章作成が終わっている状態です。

会員の皆さんが許可してくださるなら、順番に投稿していきます。
反対に私の投稿が不快なら、
これ以上の投稿は控えて退会します。
コメントをお待ちしております。

春の日パパ の投稿をもっと見る＞

53　13　|申告

「投稿予告」月曜日から週に１本ずつ投稿していきます

春の日パパ　若葉メンバー

2018.5.17.23:21　再生回数 257　　15　URL コピー

14 日の夜 10 時から今晩 10 時まで
300 を超えるコメントがありました。

投稿を望む、明らかな賛成コメントが 124 件、
議論が必要だというコメントが 14 件、
書きこみのテーマを制限するなというコメントが 8 件、
投稿するな、退会しろ、不快だというコメントが 62 件です。
その他はコメントによる論争、同じ会員による重複した意見です。

皆さんからのご意見のとおり、私は
来週の月曜日から、週に１本ずつ投稿していく予定です。
運営陣に降格させられても、強制退会させられても文句はありません。
ただ、会員の皆さんがどのような意見をお持ちなのかは、
再考されたほうがよろしいのではないでしょうか。

春の日パパ の投稿をもっと見る＞

48　15　　｜申告

一　ソヨン洞《ドン》の不動産会社の真実

キッチンの窓枠に立てかけた携帯電話は、アプリ〈一万個のレシピ〉が開かれている。セフンはアプリが教えてくれるとおりにコチュジャン、唐辛子粉、梅エキス、醤油、料理酒、ニンニクのみじん切り、水あめ、コショウを混ぜたタレで豚肉の甘辛炒めを作った。ユジョンが鼻をくんくんさせながらキッチンにやってきた。

「わあ、いい匂い！　サンチュとエゴマの葉を洗って、おかずを出すね。お肉を最後まで炒めちゃってくれる」

ユジョンは保存容器の常備菜を皿に移しながら尋ねた。

「そうだ、あの、ソスシに投稿された内容見た？」

「ソヨン洞の不動産会社の真実？」

「うん！　あなたも見たんだ！」

「今日は先輩たちも、あの話で持ちきりだった」

〈ソスシ〉は〈ソヨン洞に住む市民〉の略字で、ポータルサイトのＮＡＶＥＲにあるソヨン洞コミュニティサイトの名前だ。結婚して六年目のセフンとユジョンは二人ともソスシのメンバーで、ランクは〈熱心〉だ。町内で評判のおいしい店、病院、割引クーポンの情報はもちろん、セフンはソスシを介して早朝サッカークラブに入会し、ユジョンは英会話サークルを作った。セフンは土曜日の朝は隔週でサッカーをして、先輩メンバーたちと盛大に酒を飲み、帰宅したら午後はずっと昼寝、夕方に起き出して洗濯とバスルームの掃除を済ませ、ユジョンが食べたいメニューで夕食の準備をする。

　セフンはアプリのレシピに激辛の青唐辛子を一本スライスしたものを加え、ユジョンはひっきりなしに水をがぶ飲みしながらも箸が止まらなかった。満ち足りた表情でユジョンを見ていたセフンは、ふと思い出したというように訊いた。

「そうだ、ヨングンさんって覚えてる？」

「ヨングンさん？」

「うちのチームのオフェンス。この前の安養《アニャン》大会で右のウイングをやってたんだけど」

「覚えているわけないじゃない。私にはあなたしか見えないのに」

　自分から言い出したくせに、ユジョンは顔が真っ赤になるまで笑った。セフンも息ができなくなるくらい笑った。

「とにかくさ、そういう人がいるんだよ。ヨングンさんは東亜マンションの第一期に住んでいて、俺と同い年で、一昨年に引っ越してきた。去年に娘が生まれて」

「それで？」

「その娘の名前がセボム〔新春を意味する〕らしい」

　三日月目でにこにこ笑っていたユジョンの目が丸くなった。夫婦は同じことを考えていた。

東亜マンション第一期に居住。一昨年に入居。セボムのパパ。

ヨングンは最近、義母宅の近所にあるマンションを調べている。妻の復職が迫っているのに保育園の待機順番は一向に進まず、義母は子どもの面倒は見られるけれど、毎日ソヨン洞と自宅を往復できるかどうか……と言っている。平日は妻の実家に預け、週末だけ連れて帰ろうかとも思ったが、娘と離れればなれでいられる自信はなかった。

引っ越しを決めたのは今年のはじめだ。妻の実家の近くで家を探すようになって、ここ数年のあいだにソウルのマンションがびっくりするほど高騰し、自分の家はなんとか現状維持しているという事実を知ることになった。しかもどの不動産会社も今が最高値だ、高すぎると売れない、相場よりも高い値段では売買物件への登録もしてもらえないと口をそろえて言った。ソヨン洞の不動産会社は談合していると感じた。

ヨングンは早朝サッカーチームのメンバーに、NAVER不動産に虚偽の売却物件を通報するべきだと勧めた。ひとり三個までIDを作ることができ、一つのIDで月に五件まで虚偽の売却物件を通報できるから、最大で一カ月に十五件まで可能だと。取引がすでに完了していたり、売却者が取り消したりした物件を出し続けているケースが多い、こういう偽物件のせいでまともな相場が形成されないのだ、不動産会社が故意に行っている可能性が大いにあると熱弁した。

運良くソウルで、環境に恵まれた持ち家のマンションで、結婚生活をスタートさせた。二人の貯金一億ウォンに、両方の実家が一億ウォンずつ援助してくれ、残りは住宅ローンを組んだ。自分がどれだけ有利な状況にあるか痛感しながらも、今マンションを売っても、他の町で同じくらいの広さの家を購入することはできなくなったという事実に怒りが爆発した。口癖のようにソヨン洞は低評価されているとくり返した。興奮しすぎてサッカーチームの先輩とケンカになったこともあった。

「地下鉄の駅も近い、江南、鍾路《チョンノ》、麻浦《マポ》、金浦《キンポ》空港、仁川《インチョン》空港、どことも道路でつながってる、徒歩圏内にデパートが二軒、大型スーパーだって二カ所もある。こんな町がソウルのどこにあるって言うんですか？　それなのに三十四坪についた価格が、たったの六億ウォンですよ。四十二坪は八億ウォンにもならない。最近のソウルに十億ウォン以下のマンションなんてありませんよ。ソヨン洞のどこが、龍山《ヨンサン》や麻浦より劣っていると言うんですか？」

「おい、てめえ、だから何が言いたいんだよ？　家の値段はもっと上がるべきだってことか？　お前、家持ってるからって偉そうだな？」

「はっきり言わせてもらいますけど、先輩だって、いつまでも賃貸暮らしでいるわけじゃないでしょう。先のことを考えたらソヨン洞がきちんと評価されるのが、結局は全員にとっての利益につながるんですって」

ぎくりとしたセフンが見えないようにヨングンの腕をつかんだ。

「なんで？　俺の言ったこと間違ってる？　セフンさんも持ち家だろ？」

答えられなかった。セフンはソヨン洞でもっとも高級なノーブルNの三十四坪を所有していた。ノーブルNはデパート、地下鉄の駅とつながっている超高層の複合型マンションだが、分譲がはじまった時期が不動産不況と重なり、しかも超高額だったので大量に売れ残った。セフンは両親の強い勧めで値下げ物件を手に入れた。もちろん両親が契約金から内金、残金まで、全額を支払ってくれた。貸してあげるとは言っていたけど返すつもりはなかったし、親も期待していなかった。

　セフンは複合型マンションだから専有面積が狭い、管理費が高い、建て替えは期待できないので老朽化を黙って見守るしかないと、ひとりでぶつぶつ言うことはあっても外では言わない。それくらいの空気は読む。

「セフンさん、ノーブルNは値上がりした？　しなかった？　そのままだろ？　ノーブルNはソヨン洞の代表格なんだからさ、そっちの価格がぐんぐん上昇してこそ、東亜《トンア》マンション、現代《ヒョンデ》マンション、宇成《ウソン》マンションもみんな追従していくんだよ」

　なんで俺に訊くんだよ？　俺だってぐんぐん上昇してくれたらと思ってるさ、心の中でつぶやいた。サッカーチームの先輩は、裕福な家に生まれたもん同士、うまくやりなよとグラウンドに唾を吐き、つかつかと歩み去ってしまった。

「ヨングンさんが言ってたけど、ソヨン洞の公認仲介士〔日本の宅地建物取引士に該当する不動産仲介業者〕会の値引き攻勢がひどいらしい。家を売りに出すなら、あそこに所属している餅屋《トクバン》には行くなってさ」

「ねえ、餅屋ってなんのこと？　春の日パパの投稿にも、餅屋がどうのってあったけど」

「福《ボク》、徳房《トクパン》〔福徳房は朝鮮王朝時代の不動産業の呼び名。現代では周旋屋のような侮蔑的ニュアンスで使われることがある〕」

「ああ、そういう言葉を実際に使っているんだ。なんていうか一目瞭然。いっそ偽善的な書き方とかだったら良かったのに。私はどうこう言える立場じゃないけど」

何も言わずに苦笑いしていたセフンが冷蔵庫からビールを二缶出してきた。ユジョンもちょうど飲みたいと思っていたところだったから、喜んで受け取った。ご飯は半分以上残り、二人は豚肉の甘辛炒めを肴にビールを飲みはじめた。

本当のことを言うと、ユジョンはマンションの話が嫌いだ。この高価な家をセフンひとりで購入したという事実も負担に感じていた。会社の同僚も、昔からの友だちも、ユジョンの両親ですらも、いいな、うらやましい、セフンに尽くさなきゃと言った。

セフンはここ一年ほど求職中の身だ。母方の叔父が経営するイタリアンレストランの総括マネージャーをしていたが、数年にわたって売り上げが落ち続け、昨年に廃業した。セフンは開業の準備をしたり、フランチャイズの商談をしたり、まったく関係ない業種の企業に履歴書を出したりしていたが、どれも簡単ではなかった。今の生活費はユジョンの収入で賄っている。それなのに、どうしてしょっちゅう肩身の狭い思いをするのかわからない。たかがマンションごときで。

一方のセフンは、ユジョンがサムスンに勤めているという事実が誇らしくもあり、プライドが傷ついてもいた。大企業とは言っても大したことない、皆と同じでただの月給取りだと、どうってことなさそうにユジョンが言うときは特にそうだった。これほど環境に恵まれたマンシヨンを用意したのが自分でなかったら、劣等感で自ら崩壊していたはずだ。

「ヨングンさんは、あの大峙《テチ》洞〔ソウルの江南区にある富裕層が多く住む地域。ソウルでもっとも教育熱が高い受験の聖地とも言われている〕にある不動産会社から売りに出したんだって」

「春の日パパがお勧めしてた？」

「うん。NAVER不動産を見たら本当だった。相場より一億ウォンも高い値段だった」

　ソヨン洞の不動産会社を一つ一つ批判する春の日パパの投稿は、狎鴎亭《アックジョン》洞にある〈半島不動産〉を推薦する内容で幕を閉じた。不動産を取引するときに、必ずしも自分の住む地域にある不動産会社だけを利用する必要はない、半島不動産は狎鴎亭に居住する買い手と、他の地域の売り手をつなぐ役割を主に行っていると紹介していた。半島不動産の代表によると、最近は高額な住宅の保有者のあいだで、ソヨン洞のマンションを追加購入しようという動きがあるそうだ。春の日パパは、ソヨン洞にはそれくらい投資価値があり、同時に低評価されているという意味ではないかと説明していた。

　春の日パパは投稿の最後の一文にこう書いていた。

〈私は誠実に増やしてきた自分の資産を、正当に評価してもらうための情報を探す過程で半島不動産を知っただけで、半島不動産とは一切の利害関係にないことを明らかにする次第です〉

「ほんとかな？」

「そんなはずが」

　ユジョンとセフンは他人事だと言うように肩をすくめてくすくす笑い、缶ビールをかちんとぶつけて乾杯した。

二　ソョン洞の学区は江南に引けを取らない

ほぼ一年ぶりに集まる。グループトークに〈会おうよ〉と書いたのはスミンのママで、積極的に時間と場所を決めるなどして進めたのはスンフンのママだ。子どもたちの勉強はどんどん難しくなっていくのに、小さい頃のようにコントロールが効かず、入試制度はやたらと変わるのに情報もない。途方に暮れているときに頼れるところと言ったら、やはりキッズクラブのママ友しかいない。

ソョン洞には最近までバイリンガル幼稚園がなかった。だからってソョン洞の乳幼児が英語教育を怠けていたわけではない。長時間シャトルバスに揺られる不便さと不安に不満を感じながら近隣のバイリンガル幼稚園に通ったり、一般の幼稚園よりは英語の授業の比重が大きいプレイスクールに通ったり、保育園や幼稚園が終わってから英語学校のキンダークラスに行き、二、三時間ほど学んでから帰宅したりしていた。

そして本格的なバイリンガル幼稚園と呼べるキッズクラブが開園したのが十年前、いま十五歳の子どもたちが五歳になった年だった。ごちゃごちゃしたテナントビルの二階にあり、屋外で遊べる空間はゼロ、これからスタートする機関だから教育の質は保障できないという致命的な欠点にもかかわらず、一般の幼稚園の二倍を超える費用を甘んじて受け入れ、意を決してキッズクラブを選んだママたちだ。

幸いにもキッズクラブは給食から園児のケア、授業の内容、教具の状態、どれをとっても素晴らしかった。卒園する頃には、ほとんどの子が一ページほどの英文エッセイを流暢に書くようになり、中学一年生の英語の教科書をたどたどしいながらも読めるようになり、挨拶や注文といった生活英語はすらすら話せるようになった。英語だけでなくハングルや算数の実力も高かった。

その自負心と同類意識から、キッズクラブ一期生のママたちの集まりは今も続いている。パープルとグリーンの二クラス、三十二人いた卒園生の多くはソヨン洞を去り、今やメンバーは十人にも満たないけれど。

久しぶりに会ったママたちは思い出に浸った。当時は経験がなくて不慣れだったハロウィンパーティーの話、子どもに英語のニックネームをつけてあげた話、サンタクロースに扮装したネイティブスピーカーの先生が全員の家を訪ねてくれた話を、ほのぼのと懐かしく語り合った。

「ソヨン洞もレベル上がったよね。最近はバイリンガル幼稚園がすごく増えた気がする。そうでしょ？」

「キッズクラブのほかにも盛源《ソンウォン》ビルに一つ、百雲《ペグン》ビルに一つあるでしょう」

「ビルの中じゃなくて、建物全体が幼稚園っていうのもできたでしょ？　ワンダーランドだったかな?」

　ざっくばらんな性格のスミンのママが苦々しい顔で話に割って入った。

「でも最近のバイリンガル幼稚園って、一般の幼稚園の抽選に落ちたら行くところなんだって。私は本当に英語教育を受けさせたくて入れたのに」

「バイリンガル幼稚園に入れる費用を貯めといて、大きくなってから語学研修に行かせるほうがいいんですって」

「私はキッズクラブに通わせたこと後悔してない。今も数学は心配だけど、英語で頭を悩ませたことは一度もないから」

　ボラのママの断固とした返事に、スミンのママが訊いた。

「うちのスミンは、英語は全部忘れちゃったって。ボラはどうやって勉強しているの?」

「え? 別に……大したことはしてないよ、うん。近所の英語塾に通ってる。ほら、あの、塾の名前をど忘れしちゃった」

「最近、ボラの姿を全然見かけないけど? だから大峙洞の塾に行かせてるとばかり思ってた」

「いやいや、違うわよ。ソヨン洞の塾だって。なんでわざわざ大峙洞まで行かせなきゃならないの」

　ボラのママは最後まで塾の名前をはぐらかした。スミンのママは絶対に大峙洞に行かせているのだなと思い、スンフンのママは高額な家庭教師をつけたのだろうなと思っていた。

　ボラのママが急いで話題を変えた。

「あの投稿見た？　春の日パパって人が書いた？」

「ソヨン洞の学区は江南に引けを取らない？」

「そう。最近のソヨン洞は昔とは違うらしい。革新学校〔オルタナティブスクールの総合的な学びを取り入れた公立学校〕から除外されて、かなり雰囲気が良くなったの。生徒はタバコも吸わないし、恋愛も、以前のように派手にはやらかさないし」

　ソヨン洞は教育環境が劣悪だった。特にソヨン中学校は雰囲気も悪く、芳しくない噂で有名だ。先輩が後輩に暴力をふるい、生徒は教師よりも先輩を恐れ、簡単にくっついては別れ、メイク、カラーリング、アクセサリーは基本中の基本、夏になると腕にびっしりと入った鮮やかなタトゥーをあらわにする子もいた。

「それでも江南に引けを取らないっていうのはオーバーじゃないですか？」

　スンフンのママが鼻で笑うと、スミンのママが真顔になって言った。

「春の日パパが投稿した資料、見なかったの？　ソヨン洞の学業成就度評価〔学校で学んだ内容をどれだけ理解しているか調べるため、小学校、中学校、高校を対象に国が実施している試験。現在は中三と高二の三％を対象に行っている〕って、まずまずなのよ。臭いものに蓋をして、学力レベルの低い町だ、成績の悪い学校だって踏みにじるから良くないんだと思う。ソヨン中学校に行かせるために、わざわざ引っ越してくる家も多いんだから。ここ数年で特殊目的高校〔科学高校や外国語高校、芸術高校、体育高校など、特殊な分野に秀でた生徒を集めて教育する〕に進学する子だって増えたし」

　ボラのママも加勢した。

「学校はともかく、塾のインフラは本当に良いと思う。ブラウン語学院はソヨン洞からスタートして、龍山、麻浦にもできたでしょう。まだソヨン洞にしかなくてシャトルバスも走っていなかった頃、麻浦の母親たちは頑張ってチャリで子どもたちを送迎していたじゃない。明星数学の院長が、最初は宇成マンションの第一期で小さな学習塾からはじめたのも本当の話だし。教えるのがうまいなと思ったら、結局は江南に進出してね。アイビーリーグもソヨン洞から大峙洞に移って、自分の子育てが終わったら、またソヨン洞の盛源ビルに戻ってきたっていうのも事実。アイビーリーグの院長がいつも言っているじゃない、ソヨン洞の子たちがどうして引っ越すのか理解に苦しむ。ここの塾はレベルも十分に高いのにって」

「そういうご本人は大峙洞で子育てしたくせに」

「あそこの子たちは特出しているじゃない。どうやったら兄妹そろってソウル医大に行けるんだか?」

テーブルの端に座ってじっと話を聞いていたミヌのママが言った。

「チャニのママがいつも言っていたことね」

「そうだった？　私は春の日パパの投稿について話したんだけど」

「そういえば、チャニのママはどうして来なかったの？」

「彼女、忙しいじゃない。百雲ビルに進出してから」

チャニのママは、チャニを産む前は銀行に勤めていたそうだ。十年前にはじめて集まった日、スミンのママがどこの銀行なのか、支店か本店か、窓口業務か事務所勤務かと、隣で聞いているほうが恥ずかしくなるくらい根掘り葉掘り尋ねた。チャニのママは企業相手の貸付業務を担当していた、大金を扱っていたせいか家事は物足りなくて、うまくできないとにっこりした。外国語高校、延世《ヨンセ》大学〔ソウル、高麗《コリョ》、延世が韓国の三大名門大学。各大学の頭文字をとってＳＫＹと呼ばれている〕の出身だそうだ。ママたちが驚くと、寂しげに笑って言った。

「外国語高校出身のママ、ＳＫＹを出たママ、留学派のママ、サムスン勤務だったママ、世の中には掃いて捨てるほどいますって。昔どこで何をしていたのかは重要じゃないでしょう？　今は皆と同じママなのに」

チャニのママは息子の教育に人並み外れて熱心だった。休む間もなく塾に送ったり、家庭教師を呼んだり、問題集を解かせたりはしなかった。むしろキッズクラブ以外の私教育は一切受けさせなかった。自分で直接教えたのだ。

平凡な物語から科学の童話、数学の童話、歴史の童話、経済の童話……分野ごとに持っていない本がないほど家中を埋め尽くし、それでも足りずに週に二度ずつ近所の図書館に通っていた。チャニは母親と一緒に読書記録帳を作り、科学の実験をし、博物館や美術館を巡り、新聞をスクラップし、絵を描き、数学の原理が仕掛けになっているボードゲームで遊び、母親お手製の計算問題を解いた。

体が小さく、静かで目立たなかったチャニだが、学校に入学してからは抜きん出た存在となった。算数や英語はもちろん、文章や美術に縄跳びまで校内のあらゆる大会を総なめにし、校外の算数大会や科学思考力大会では軒並み入賞し、ピアノコンクールと水泳大会でも賞を取ってきた。教育庁の英才院に選抜されたし、学級委員を一手に引き受けた。

　チャニもすぐに引っ越していくのだろうと誰もが思ったが、意外にもソヨン洞で小学校に通い続けた。チャニのママは、チャニが三年生のときに基礎計算の家庭教師をはじめ、四年生のときに算数の塾を正式に開業し、五年生のときに英語と算数の学院へと拡張した。十五坪のオフィステル〔オフィス＋ホテルの造語。低層階に商業施設が入店していることが多く、上層階が住居になっている〕一部屋からはじめた塾はマンションの商店街に移り、最終的には百雲ビルに入居した。

　チャニのママは、ソヨン洞ほど子どもの勉強に良い環境はないと口を酸っぱくして言った。ソヨン洞にある学校の学業成就度評価と近隣の特殊目的高校、自律型高等学校〔私立と公立の両方があり、学校独自の学習カリキュラムを実施している〕、科学重点高校の情報、公共の図書館の無料プログラム情報を、学院の入口にある掲示板にいつも貼っていた。相談にやってきた保護者に遠慮なく別の塾を推薦することでも有名だった。

　一昨年、チャニの家はソヨン中学校に程近い東亜マンション第一期に引っ越した。チャニのママは今回も言った。どうしてよその町に行くの？　ソヨン洞よりも、うちの子が学ぶのに良い環境なんてあるの？　と。

「チャニは大峙洞に行くとばかり思ってたから、ソヨン中学校に進んだときはほんとにびっくりした」

「大峙洞？」

「チャニのママの実家が大峙洞じゃない」

「あ、そうなの？」

「チャニの叔父さんが、あの辺りで不動産の仲介業を幅広く展開しているんですって。清潭《チョンダム》だったか、狎鷗亭だったか。とにかく江南で、それも福徳房レベルじゃなく、企業タイプの不動産会社って言っていたかな？」

「不動産？」

「昨日スーパーでチャニのおばあちゃんに会ったの。息子がこの一帯の物件も商談をたくさん成立させたから、家を売りに出すなら声かけてね、だって。高く売ってくれるみたい」

一昨年に東亜マンション第一期に入居、弟が不動産仲介業に従事、ソヨン洞の私教育の市場に対する強い信頼。全員が何度もゆっくりうなずくばかりで、誰も切り出せない。ミヌのママが尋ねた。

「春の日パパって、男かな？」

「パパって名乗っているから男だろうと思ってた。性別を表示する欄は特にないから、実際はわからないよね」

ボラのママがこくりとうなずいてつぶやいた。

「女の可能性もあるね」

三　東亜マンション分譲第一期の方角にソョン駅三番出口ができたら？

「課長、食事に行かないんですか？　ミヨンさんは？」

機械電気の主任カン・ヨンシクが、皆をランチに誘うのは久しぶりだった。電気設備と補修工事、老朽化した変圧器の交換、最終の安全点検まで無我夢中で数カ月を過ごした。昨夏の記録的な猛暑で電力の使用量が一気に増え、変圧器が一つ止まった。短い時間だったが一〇二棟、一〇三棟、一〇四棟が停電し、管理室に抗議の電話が殺到した。

ヨンシクは寒波が去るとすぐに工事を急ぎ、暑くなる前にすべての作業を終えた。精算の資料も整理して渡したから、本当の意味での完了だった。入居がはじまって二十年目に差しかかった、あちこちにガタがきていて危なっかしい、十五棟千世帯からなるマンション群が、一度の停電以外は大きな事故もなく管理されているのにはヨンシクの貢献が大きい。朝は出勤のついでに一〇一棟から一一五棟まですべての出入口とエレベーターをチェックし、警備室に立ち寄って安全報告を受け、電気室とバルブ室まで点検する。

ミヨンはキンパを買ってきたと答えた。経理は月末がいちばんの繁忙期で、最近の彼女は毎日キンパやサンドウィッチを食べながら仕事をしていた。マンション管理情報システムに先々月の管理費も入力しなければいけないし、これ以上遅くなる前に外部監査も依頼する必要があり、今は会計法人に送る資料を整理しているところだった。ミヨンは普段からネット検索、コーヒー、タバコ、雑談の類いを一切しない。勤務時間内に仕事を真面目に終え、管理事務所の一階にある保育園に通う息子を連れて帰宅する。

ヨンシクは十一時を少し過ぎたところで管理所長、課長とともに事務所を出た。一斉に押し寄せるサラリーマンで混む前に、おいしいと評判の店の席を確保するためだった。ヨンシクは新しくオープンした網焼きのタッカルビ店に一行を案内した。

酒も飲んでいないのに、熱気ですぐに顔が赤くなった。管理所長が真っ赤に火照った顔で肉をむしゃむしゃ食べながら言った。

「課長、うちの団地も入居者代表会議の選挙をオンラインでやろうかと」

「オンラインですか？　昔からみんな無関心ではありましたけど、それでも投票率はつねに過半数を超えているじゃないですか」

「ひとりでに超えたとでも？　喉が張り裂けるまで放送して、投票箱を手に一軒一軒ノックして、どうにか出した数字でしょう」

「そういえば、任期ってどのくらい残っていましたっけ？　三カ月？　まずは今月中に選挙管理委員会を選出する告知を出さないと」

選挙はヨンシクに関係のない業務だが純粋な好奇心から尋ねた。

「でも投票をオンライン化したら、パソコンのない家はどうすればいいんですかね？　意外とパソコンを持っていない家庭って多いですよ」

「携帯電話は持っているでしょう。タップするだけでつながるように、ショートメールでリンクを送るんです。そこを押して、指示に従えば済むように」

「それでも年配の方は使いこなせないかと」

「いやいやカン主任、最近のお年寄りはカカオトーク〔スマートフォンやタブレット端末用の無料コミュニケーションアプリ〕で文書から画像に動画まで、てきぱきと上手に送信していますよ。とにかく、あのカカオが問題なんだな、カカオが」

　ヨンシクがそれでも気がかりだという表情のままでいると、管理所長はこう付け加えた。

「もちろん紙での投票も一緒にやるつもりだ、並行しないと、並行」

　課長がいきなり長いため息をついた。

「また出馬されるんでしょうね？」

「アン・スンボク代表？　当然だろ」

　管理所長は食欲がなくなったという顔で、ちっちっと舌打ちしながら箸をテーブルに置いた。

アン・スンボク？　今の入居者代表ですか？　ヨンシクが尋ねた。

「あのお人はなんていうか、やたらとつっついてくるんですよ。俺が信用できないのか、金が信用できないのか」

「毎日のように業者を変えるだの、契約を解除するだの、訴訟を起こすだの、とにかく頭が痛くて。この前は詰所を統廃合して警備員を減らすと言うんです。だから所長と私で、今はそういう世の中じゃない、警備員を解雇したら住民は抗議するし、貼り紙だらけになってニュースに取り上げられると、ひたすら説得したんです。それでも言うことを聞かなかったくせに、そんなことじゃ再任は無理ですねって言ったら、途端に接待」

管理所長は周囲を見回すと、声を潜めてひそひそ言った。

「だからオンライン選挙をやろうって話なんです。私ね、ソスシのコミュニティサイトにこっそりスレッドを立てて書くんですよ。小学校の通学路もまだだし、お買い得市場も充実していないし、今の入居者代表は仕事をしているのか、どうなのかって、そうするとコメントがずらっと付くんですが不満だらけですよ。あのコミュニティサイトの会員って、やっぱり若い人たちじゃないですか。若者がたくさん投票するように仕向けないと。若者が」

ヨンシクはいつだったか管理事務所のど真ん中で、職員が見ているというのに所長と口論していたアン・スンボクの赤ら顔を思い浮かべた。還暦を少し過ぎたと聞いている。真っ黒な頭髪は染めたものだろうが、肌がつやつやしていてシワもなく、五十代前半といっても通りそうだった。そして数日後にヨンシクは意外な場所で彼と出くわした。

同じ団地で働いたことのある東亜マンション第一期の機械電気課長から電話があった。東亜マンション第一期も電気施設を補修しようかと思っている、現代マンションの作業を担当したエンジニアについて教えてほしいとのことだった。ヨンシクは連絡先だけ送ろうかとも思ったが、久しぶりに顔でも見るかと、少し早く退社して東亜マンション第一期に向かった。ところが東亜マンション第一期の管理事務所に例の赤ら顔がいた。

ヨンシクはすっきりした額の右側に青筋を立てて猛抗議する彼を避け、事務所の中に入っていった。自分が一軒ずつ回って署名をもらうと言ってるのに、どうして妨害しようとするのだ、俺ひとりの利益のためじゃないんだから、という声が聞こえてきた。ヨンシクが何事かと尋ねると、課長は鼻にシワを寄せた。

「ブラックコンシューマー〔日常的に悪質な苦情を故意に寄せる顧客〕。しょっちゅう来るんだ」

「署名がどうとか言っていたけど？」

「ソヨン駅だよ。ウエディングホールの横、東亜マンション第一期の方角に出口をもう一つ作ろうって言っていて。選挙区の議員が公約に掲げていたのに、当選したらだんまりを決めこんでてさ。議員室と区庁に掛け合いに行くからって、今日一日ずっと署名をもらいに回っていたらしい。見た目からして詐欺師みたいなおっさんが一軒ずつチャイムを鳴らして、ドアを開けろ、署名をしろなんて言うもんだから、警備室やら管理室に電話はかかってくるし、大騒ぎだったんだ。やめてくださいって言ったら今度はここにやってきて、あの始末だよ」

ヨンシクはちょこっと顔を突き出して、顔をもう一度確かめた。アン・スンボクに間違いなかった。

「ここの住人？」

「所有者なんだけど居住者ではなくて、娘さんが住んでるそうだ。一昨年に娘さんが結婚するときに自分の名義で買って住まわせたらしい。娘さんは無住宅者のままにして請約〔新築マンションは分譲を申請する人が多いため、請約通帳がなければ抽選に応募できない。請約通帳は無住宅期間や加入期間などで加点され、点数と預金額が高いほど当選しやすくなると言われている〕の抽選を申しこむんだって」

「どれだけ計算機を叩いたんだか」

「物流倉庫の敷地に図書館を誘致しようって横断幕も自費で作った人だ。そのときも団地内に横断幕を設置するなら費用を払ってくれって言ったら、公共目的なのに、なんで金を要求するのかって大騒ぎ、結局はタダでやってあげたんだ。三一二番地の再開発地域には公園を作るべきだって、区庁や市庁に出向いては追っかけ回してさ」

図書館誘致の横断幕は現代マンションにも設置されていた。入居者代表会議で決定した事項だ。東亜マンション第一期の管理事務所は、あのブラックコンシューマーが現代マンションの入居者代表だと知らないのだろうか？　確かに現代マンションの管理事務所も、自分たちの入居者代表が東亜マンションに来て、こんな真似をしているとは知らなかったのだから。街の噂ってものは、あるときはものすごいスピードで何から何まで広まるかと思えば、あるときは誰ひとり知らなかったりするものだ。

翌日のアン・スンボクは現代マンションのほうで顔を真っ赤にしていた。機械室に寄っていたので少し遅れて事務所に着いたヨンシクは目くばせして何事かと尋ねた。課長は腹話術のように口をほとんど開かずに説明した。

「東亜マンション第一期の方角に地下鉄の出口を作る件で、なんで俺たち警備員が署名をもらいに回んなきゃならないんだよ？　こっちには一番出口が近くにあるっていうのに」

「そのうち政治家になるつもりなんですね」

課長は首を横に振った。

「財産権の保障。生涯にわたって誠実にかき集めた資産の価値を守るためだって。入居者代表も、だからやっているそうです」

生涯にわたってかき集めた資産の価値を保障しよう。どこかで何度も聞いた主張だ。どこだったっけ？　どこだ？　あっ！

「課長、ソスシに春の日パパが投稿した文章を見ました？」

課長もあっ！　という表情になったが、すぐにやりと笑った。

「言っている内容は本当にそっくりだ。ソヨン駅三番出口、公共図書館、公園……。でも違いますね。春の日パパは一昨年に東亜マンション第一期を買ったと書いていたじゃないですか」

ヨンシクは東亜マンション第一期の管理事務所で昨日聞いた情報を伝えるか迷ったが、黙っていることにした。アン・スンボクは一昨年に東亜マンション第一期を購入した。結婚する娘のために。そして東亜マンション第一期の方角に地下鉄の出口、ソヨン洞所在の公共図書館、公園を建築するために孤軍奮闘している。自分の資産の価値を守るために。

9.13 対策〔ソウルの地価高騰を受けて 2018.9.13 に当時の政権が打ち出した不動産市場の総合対策〕**が述べる真実**

春の日パパ　若葉メンバー

2018.9.14.00:21　再生回数 542　　21　URL コピー

ぴったり４カ月ぶりにご挨拶申し上げます。
その間、ご無事でいらっしゃいましたか？

さまざまな面で類を見ないほど暑い夏でした。
ソウルのパク・ウォンスン市長が出し抜けに
汝矣島《ヨイド》・龍山の統合開発計画に言及したと思ったら、
漢江《ハンガン》の北側エリアの屋根部屋〔訳注：ほとんどが貯水タンクの設置や保護のために作られた小部屋を居住用に改造したもの。家賃は安いが居住環境は厳しい〕で１カ月過ごされていましたね。

巨大な波がマヨンソン〔訳注：漢江北岸の麻浦区、龍山区、城東《ソンドン》区の頭文字をつなげた不動産用語。もっとも土地が高い江南三区の次のランクにある地域〕、ノドガン〔訳注：ソウル北東部の蘆原《ノウォン》区、道峰《トボン》区、江北《カンブク》区の頭文字をつなげた不動産用語。もっとも土地が高い江南三区に対し、相対的に地価が安い地域〕に襲いかかり、ソヨン洞にまで流れてきました。
10 億の値がついていたノーブルNの 34 坪が、14 億になりましたね。
それでは、この相場はバブルなのでしょうか？
それとも、ようやくまともに評価されたのでしょうか？

正解は立て続けに発表されている、政府の不動産政策をご覧になればわかります。
先月には首都圏の公共宅地開発と

規制地域の追加指定計画を打ち出したと思えば、
今日は総合不動産税の強化、賃貸事業者の特典縮小、
住宅保有者のローン封鎖まで出てきましたね。

強力な規制が相次いでいる？
絶対に価格は落ち着かないという意味です。

バブルだ、消えてなくなるだろう、半減する、
まだ、そんなことおっしゃっているのですか？

一時的に冷えこむことはあっても下がりはしません。
ソウルは、
特にソヨン洞は。

春の日パパ の投稿をもっと見る>

132 21 | 申告

＊

ヨングンは相変わらずソヨン洞に住んでいる。夏には朝、昼、夕方と内見があった。週に五千ずつ言い値を上げていった。一度はほぼ契約まで至ったのだが、なぜか損をしている気分になって口座番号を教えるのをやめ、もう五千アップした。すぐに市場は静かになった。秋夕《チュソク》〔旧暦の八月十五日。先祖の墓参りをしたり、秋の収穫に感謝したりする祭日〕を控えているせいだと思ったが、秋夕が過ぎても状況は変わらなかった。妻の復職は一カ月後に迫っていた。町にも生活にも慣れておかなきゃと、義母は週に三日ずつやってくるが、すでに膝が痛いと言っている。

妻は欲をかくのはやめようと言うが、ヨングンはどうしても立ち止まれない。八月末の実勢価格情報を見ると、いま出している値段でも売却は成立しそうに思える。明らかに一度も手にすることができなかったものなのに、自分のものだったような気もするし、奪われたような気もする。ヨングンは剝奪されたという思いに囚われて眠れなかった。

チャニのママは、百雲ビルに移転したのはやはり無理があったと思っていた。入試専門の美術学院があった場所だった。什器から院生まで、そっくりそのまま出ていったので権利金などは発生しなかったが、補習塾に合うようにインテリアを新しくし、語学の機器を追加で入れるために自宅を担保に融資を受けた。しかもマンションの商店街にいたときよりも毎月の家賃は二倍近く上がった。

ほとんどの生徒はそのままついてきてくれた、当分は十ウォンたりとも料金を上げることはできない。収入はそのままなのにローンの利息に元本、賃貸料まで、支出ばかりが膨れ上がった。あとどれくらい持ちこたえられるか。チャニのママは夜になると、生徒数が現状のままだったら、五人増えたら、十人増えたら、二十人増えたら収入はどれくらい上がるか、いつになったらプラスマイナスゼロ、つまり元値になるのか、料金をいつ、いくら値上げするべきかと計算機を叩いた。すでに講師陣は最低限の人数、最低賃金の人材で構成されていて人件費は削れなかった。生徒が劇的に増えるくらいしか方法はなかった。

チャニのママはペンキの匂いがなかなか抜けない院長室から、友だち推薦イベント、きょうだい割引、先払い割引、口コミイベントといった案内メールをしばしば保護者宛てに送った。週末ごとに院長の特講や入学説明会も開いたが、生徒と保護者が見守る特講の最中に大量の鼻血を出したこともあった。よりによって白いブラウスを着ていた。

現代マンションは入居者代表会議の選挙にオンライン方式を導入した。三人の候補が出馬し、アン・スンボクは三位で落選した。ところが新代表は清掃業者の選定と予算案の議決の過程で各棟の代表と対立し、四カ月で辞任した。緊急に行われた補欠選挙に単独出馬したアン・スンボクは九八・九％の賛成率で当選した。

そのあいだソヨン駅三番出口にかんする知らせはなく、物流倉庫の敷地には賃貸マンションの建設が決まった。アン・スンボクは、またマンションか、なんでマンションばっかりこんなに建つんだ、しかもよりによって賃貸かと腹を立てた。以前よりも熱心に市庁、区庁、議員室、管理事務所を訪ねて回り、東亜マンション第一期と現代マンション、どちらでもブラックコンシューマーとなった。

警告マン

「忙しいの？」

何度か電話を取らずにいたら、母が単刀直入に尋ねてきた。ユジョンはううんと答えながら廊下のほうに歩いていった。忙しいというより電話に出たくない気持ちが強かった。離婚した兄が子どもを連れて出戻ってから、母はふたたびはじまった育児で心身ともに病みつつあった。愚痴を聞いてあげる人は自分しかいないと、よくわかっていた。でもユジョンも日々を退屈に、そしてへとへとになりながら生き抜いている平凡な会社員でしかない。

「あんたのところは、最近大丈夫？」

「何が？」

「何がって。みんな大変だって言うから」

何が言いたいのだろう。本論から話してくれたらいいのにと思った。週末は時間ある？　お金、少し融通できないかしら？　まずこちらの事情を確かめ、断れなくしてから用件を切り出す。じゃあ週末にジユルとハユルの面倒を見てちょうだい、お兄ちゃんに二百万貸してあげて、といったお願い。母に使う時間とお金ならあるという意味であって、兄に使うという意味ではないとは言えなかった。すでにユジョンは時間とお金のある人になっていたし、断ったりしたら母はひどく心を痛めるだろうから。

「まあ、なんとかね。どこもそうでしょう」

「忙しいの？」

「会社員は、みんな忙しいものでしょ」

「そうよね。セフンさんは？」

「セフンさん？　うん、まあ、相変わらず」

適当にはぐらかす内容が増えた。実を言うとね、私も、彼のせいで死にそうなのと打ち明け、思い切り悪口を言ってみたかった。よその家では、娘と母親ってそういう話をするものなんでしょう？　ユジョンは実家、実家の母、実家の父といった単語になんの感情も抱けなかった。

次にユジョンが家族の近況を尋ねた。母はみんな元気にしている、なんとなく電話してみただけだと答えた。早く切りたくて、そう、うん、わかったと話を終えようとしたら母が言った。あ、そうだ。ユジョンがいちばん嫌いな言葉だ。あ、そうだ。長いこと周囲ばかりをぐるぐるぐるぐる回ってから切り出す、本当の用件。

「ユジョン、あなたの家って、ソヨン駅とつながっている、あのマンションでしょ？」

今度は何。何を言うつもりなのだろう。

「お父さんがね、その近所で働くことになったの。向かい側にある宇成マンション。今日から勤務してる」

「宇成マンションで、お父さんはなんの仕事をしてるの？」

「警備室に就職したの」

ユジョンは言葉を失った。父は四十歳くらいのときに転職した二番目の職場に定年まで勤めた。作っている企業名は知らなくても、商品名なら誰もが知っている食品会社の工場長として引退した。父の収入だけで四人家族が生活するのは楽でなかったが、不自由なく生きてきた。退職金はいくらにもならなかったが預金も少しならあるし、年金ももらえるから、お金をちょうだいと子どもに手を差し出すこともなく、夫婦二人で暮らせると言っていた。それなのに、どうして急に。

「人数が増えたから。生活費は二倍でもなく四倍。塾代やら病院代、子どもたちって、どうしてこんなにお金がかかるの？」

「お兄ちゃんは？」

「お兄ちゃんは、何か考えがあるみたい」

「いい加減にして！　考えってどんな？　まずは子どもたちのことを考えろって伝えて！」

ユジョンはカッとなって怒鳴ると電話を切ってしまった。

ユジョンはマンションの地下二階にある駐車場を通り、そのまま地下鉄のホームに出た。ノーブルNの住民専用の通路があるから、建物の外に一歩も出なくても地下鉄に乗れる。会社の前に到着するまで雨が降っていることや風が強いこと、ｐｍ２・５がひどいことに気づかない日も多かった。

窓一つない地下通路を毎日歩いていても、通勤時間になると宇成マンションが気になった。

いま階段をいくつか上がって横断歩道を渡れば、お父さんがいるってことだよね。罪を犯している気分だった。ユジョンの過ちではない。でも母や父が未成年の自分を保護して生きたのだから、今度は自分が親の老後を保護して生きるべきではないだろうか。気が重かった。

夕飯も食べずに残業したある日、ユジョンはソヨン駅の地下通路を使わずに地上の出口へ向かった。近所に来ている移動販売のタコ焼き屋でテイクアウトして、ビールのつまみにするつもりだった。改札口を抜けて駅前広場に続く階段を上ると、背中がかっかと熱を持った。陽が沈んでいるのに、あまり涼しくなかった。もうじき夏がやってくるようだった。

ユジョンはタコ焼きを七つ買うつもりだったが、十二個注文した。セフンは夕飯を済ませたと言っていたが、ユジョンがビールを開ければ、自分も一杯はじめるのは目に見えていた。香ばしくて甘い匂いのするタコ焼きの袋を受け取り、セフンにカカオトークを送ろうとポケットから携帯電話を取り出した。暗証番号を入力してカカオトークを開くと、最後に確認した婚家のグループトークの画面が開いた。義親が載せた旅行の写真と、子どもたちの大げさな会話がユジョンの目の前にふたたび広がった。ふと、道の向こう側にいるかもしれない父を思い出した。

電話に出なかった。今日は出勤日じゃないのかもと思ったが、とりあえず宇成マンションの方角へと歩いた。横断歩道を渡りながら電話したが、やっぱり出なかった。これが最後と思ってかけてみると、今度は父が出た。

「何かあったのか?」

「今どこ？　お父さん、今日は出勤日？　仕事が終わって近くにいるんだけど」

「うん、ああ。勤務中なんだ。切るよ」

　どうしてそんなに忙しいのだろう？　ユジョンは怪訝に思った。マンションの警備の仕事って、ゴミの分別日とか通勤の時間帯以外は、宅配便の保管くらいしかやることないだろうに。どっちにしても宇成マンションはもう目の前だ。お父さんとタコ焼きを食べてから帰ろうと、黒いビニール袋をぶらぶらさせながら敷地内の警備室を回ってみた。誰かに父の勤務する棟を聞いてみるつもりだったが巡回の時間帯で、どの警備室にも人はいなかった。

　ユジョンは後門まで行ってみてから、ゆっくり正門のほうへと引き返した。テニスコートを通り過ぎるとき、衣類リサイクルボックスの横に警備員の後ろ姿が見えた。どれだけ汗をかいたのか、水色の警備服のシャツが真っ青になるまでぐっしょり濡れて背中に張りついていた。ユジョンが近づいていくと、気配を感じたのか警備員がふり返った。父だった。額と鼻筋からも汗がぽたぽたと滴り落ちていた。二人はなぜか挨拶も交わせず、しばらく顔を見合わせたまま突っ立っていた。父が口を開いた。

「忙しいと言っただろう」

「何を、してるの？」

「誰かがリサイクルボックスにゴミを入れたんだ。袋にも詰めずにばらばらに捨てていったから片付けてる。収集車が来る前に急いで終わらせないと」

「なんでお父さんがやるの？」

「ほかに誰がやるんだ」
父はどうってことないと高らかに笑った。そしてきょろきょろと辺りを見回していたが、警備室の中に仮眠室があるから、そこに行ってなさいとユジョンの背中をぐいっと押した。早く、早く行ってなさいと二度も催促した。

警備室に立つと、老人男性の体臭としか言いようのない臭いが鼻を突いた。気持ち悪いとは思わなかった。むしろ少し切ない思いに駆られた。ユジョンが暮らした家、リビング、父の部屋、バスルーム、どこからもこんな臭いはしない。つまり、これは父の体臭ではなく、この空間の臭いなのだろう。

古い木の机に置かれた監視カメラのモニターが、まず目に飛びこんできた。分割された画面の中にエントランス、エレベーター、駐車場の出入口などが見え、画面ごとにそれぞれの時間が流れていた。ユジョンは慌ただしい、とつぶやいた。ユジョンの暮らすノーブルNの一階にある案内デスクには、もっとたくさんの画面がある。長いデスクの右端、ガードマンのひとりが監視カメラのモニターを専門に担当している。お父さんは、その仕事も兼務しているんだ。分割された画面の一つ、エレベーターの鏡の前で髪をいじっている男性を注視していると、父がユジョンを呼んだ。そして警備室の奥を指差し続けた。早く入りなさいという意味らしい。

ドアのない狭苦しい小部屋の片側には、大人ひとりがなんとか横たわれる幅と長さ、膝ほどの高さの演壇が置かれていた。その部分だけ床材の色が異なり、電気のコンセントがつながっているところを見ると、床暖房のパネルが設置されているようだ。ここで寝るのか。ユジョンは気をつけながら演壇に上がり、胡坐《あぐら》をかいて座った。室内を見回した。小さな冷蔵庫と電子レンジ、炊飯器、壁の棚には数個の段ボール箱。

警備室でアラーム音のようなベルが何度も鳴った。住民が警備室を呼び出すと、ああやって電話が来るのだろうか？　でも、どうしてあんなに呼びまくるのだろう？　一緒にタコ焼きなんて食べる余裕はなさそうだ。とても待っていられなかった。どういうわけか心が音を立てて崩れていくようで、座っているのが苦しかった。冷めてしまったタコ焼きを隅に置くと警備室を出た。

父は手の甲で汗を拭いながら警備室のほうへ歩いてきていた。車を停めるスペースがなくて、駐車してある車を手で押して空間を作るのに時間がかかったそうだ。棟の代表の車なんだが、性格がイカレてる人だから、いちゃもんをつけられるかもしれないと駆け回っていたら息が切れたと。

「帰るね」

「そうだな。ちっとも暇がなくて。休みの日に家へおいで」

「奥の部屋にタコ焼きを置いてきた。食べてね。冷めちゃったからチンして」

「タコ焼き？」

「パン？　チヂミ？　そんなようなもの。温かいうちに食べられたらよかったんだけど」

「それはいいな。夕飯が早かったから、夜は小腹がすくだろうと思っていたんだ」

短い挨拶を終えて父の横を通り過ぎ、しばらく歩いてからユジョンはふり返って叫んだ。

「それから電話には出てね」

「勤務中に電話が来たってわかるはずないだろう、まったく」

父はまた高らかに笑うと、行きなさいという手振りをした。遅い時間だから早く家に帰りなさいという意味には見えなかった。ユジョンの思い違いかもしれないが、人目を気にしているように感じられた。娘の訪問を少しも喜ばなかったし、しきりに何かを隠し、帰らせようとしていた。

ユジョンは手に持った携帯電話を開いて時間を確認した。ほぼ一日中、携帯電話を握っているか、後ろのポケットに入れたままにしているか、机やテーブルの見えるところに置いた状態にしている。ユジョンだけでなく、最近はほとんどの人が携帯電話から離れない。お父さんは最近の人じゃないのだろうか。どうして電話があったことに気づかないのだろうか。考えてみると実家のマンションの警備員も、ノーブルNのガードマンたちも携帯電話を手にしている姿を見たことがない。警備の仕事をする人たちは、勤務時間に携帯電話を出すこともできないのだろうか。

宇成マンションの前の横断歩道に立つと、向かい側のノーブルNが圧倒的な存在感で迫ってきた。五十二階建てのマンション四棟が風車《ふうしゃ》の形に広がるさまは、思いのほか雄大な印象を与えたし、各棟をつないで造成された三十階の空中庭園の銀色に光る照明は、非現実的な美しさを見せていた。ノーブルNの建っている場所は、以前は砂糖だか小麦粉だかの製造工場だったとセフンから聞いた。当時の宇成マンションの住民は、工場のせいでソヨン洞の品格が落ちると不満を並べ立てていたそうだ。今は宇成マンションのどこにいてもノーブルNを見上げる羽目になる。

信号が青に変わったのに、ユジョンはぼうっと歩道に立ち尽くしていた。慣れない。あそこはいまだに自分の居場所ではないようだ。また気が滅入ってきた。セフンには宇成マンションでお父さんが警備員をしていると報告できずにいた。何がなんでも言わなくてはという話でもないけど、言えないような話でもないのに、どういうわけか告げられずにいた。

その晩、ユジョンはノーブルNの出入口にいるガードマンと案内デスクのスタッフが、立ちっぱなしで勤務しているのに気づいた。毎日、一日に何度も前を通るときだってあったのに、椅子を置いていないとは気づかなかった。顔が上げられなかった。


ユジョンとセフンはビールを飲みながらネットフリックスのドラマを観ていた。金曜日の夜だったし、好きなドラマの新シーズンの配信がはじまったので浮き浮きしていた。セフンはレストラン時代に教わったエビのアヒージョを作った。酔いが回り、ドラマもいちばんの見どころというときに父から電話があった。ユジョンはうれしさよりも不安を覚えた。滅多に連絡なんてしてこないのに、一体なんの用だろう。

電話するには遅すぎる時間だよな。寝てたんじゃないのか。すまない。母と同じようにぐるぐるぐるぐる回ってから、父は用件を切り出した。

「よかったら、お前のとこのシャワーを使わせてもらえないか？」

「今?」

「ちょっとあれだよな。そうだろ？　セフン君もいるし」

「いや、ううん。どうぞ。すぐ来て」

ユジョンが電話を切ると、セフンが面食らった顔で尋ねた。

「お義父さん、いらっしゃるの？　今から?」

「うん」

「お義母さんとケンカでもしたのかな?」

セフンの無邪気な質問に、泣きたいような笑いたいような心境になった。お父さんはお向かいの宇成マンションで警備の仕事をしている、ここでシャワーを借りたいらしいけど、何があったのかはよくわからないと答えた。それでもセフンは落ち着き払っていた。もしかすると必要かもしれないと、自分のタンスからきれいなトレーニングウェアと新品のパンツを出してきた。


ユジョンは玄関のドアを開け放して待った。廊下の中央エレベーターからチーンという機械音が聞こえ、のろのろとした足音が近づいてきた。どこからか妙にむかむかする臭いがする。思わず眉をひそめそうになったが気を取り直し、頭をぶるぶる振って穏やかな表情を作った。なんとなく、このかすかに漂う悪臭の発生源の見当がついた。ばつの悪そうな顔で父が入ってきた瞬間、おえっとセフンがえずいた。ユジョンはセフンの気持ちが理解できた。

地下駐車場の床に水がたまっていたそうだ。掃き出して乾かし、収拾してみようと頑張ったが、水はたまる一方だった。そして臭かった。どうも配管のどこかから漏れているようだ、業者を呼ぼうと警備班長に提案した。班長はひとまず掃き出してみるようにと言った。警備員ができるところまでやってみて、本当にベストを尽くして、それでもダメだとわかったら外部に頼もう、金で簡単に解決しようと思ってはいけない、費用はすべて住民の管理費から出すのだからと。父はこういうときのために管理費を払っているんじゃないのか、私も自分の家の管理費を払っている住民だから、住民の立場もわかると言った。警備班長は疲れた顔で答えた。

「わかっています。百のうち、九十九は常識的な人たちですよ。いや、常識うんぬん以前に関心すら持っていない。でも残りのひとりが問題なのです。いつも、そのひとりが酷い。ものすごく酷いのです」

文字どおり焼け石に水だろうという気分で、父は数日にわたって同じ作業をくり返した。そうやって床の水を掃き出すようになって一週間が過ぎた午後、ついに水の流れは目に見えるほどになった。管理所長が業者を呼んだ。

誰かが滑りでもしたら一大事だと、父はひとまず雑巾がけを続けた。まくり上げた袖がびしょびしょになるまで頑張っていると、ごり、ごりというクルミを転がす音がした。なんだ。音がどこからするのか見つけようと、床に、壁に、配管に耳を当ててみた。ごりごりごり。クルミの割れる音がしたと思ったら、あっという間に水しぶきを浴びていた。いつ、どこから、どんな方向で水が噴き出してきたのか、どうして手をこまねいていたのかは記憶がない。正気に戻るとシャツがぐっしょり濡れていた。穴が開いた配管の継ぎ目にひとまず雑巾を巻きつけてから、ようやく体が悪臭を放っていることに気がついた。上水道管ではなく下水道管だった。

断水の案内と下水道の使用自粛をお願いする放送を流し、緊急補修工事をはじめた。作業員がひとりしか来なかったので、ひとりで可能な作業なのかと尋ねると、ちょっと手伝ってもらう必要があると言われた。工事のあいだずっと、父はアシスタントの役割をした。言われたとおりに工具を運び、バルブの開閉をくり返し、水気を拭き、配管を外してはめて、回して、溢れる汚水を受けては捨て、また拭いた。

配管の交換を終えた修理業者が帰ってからも仕事は終わらなかった。工事で出たゴミを集めて捨て、リサイクルできるものは拭いてから別に分別し、何度も雑巾がけをした。夕飯も食べず、休み時間も取れなかった。それよりもつらかったのは悪臭と痒みだった。手の届かない背中の中心からはじまり、全身にむずむずと広がっていった。

マンションには警備員が体を洗える施設はない。団地の目の前にサウナが一軒あるにはあるが、住民の目も気になるし、何よりも悪臭を漂わせながら公衆浴場に入っていく気には到底なれなかった。ひとまず我慢した。どうせ仕事も終わったことだし、一晩だけ我慢して、朝早く帰ったらシャワーを浴びようと思った。ウェットティッシュでざっと拭き取り、ずぶ濡れのシャツだけ着替えてから警備室の椅子に座ったが、お尻がじとじとしていた。痒かった。脇が、背中が、胸が、腹が、指が、腰が、お尻が、股が痒くて耐えられなかった。そのとき、向かいのノーブルNに住む娘を思い出した。

その件があってから、母に父のことをちょくちょく頼まれるようになった。肉体も精神も健康な成人の父のことを、母が娘に頼むというのも少し変な話だが、頼まれたという表現でしか説明がつかなかった。今日はお弁当を持っていかなかったから、お父さんに何か食べるものを買っていってあげて。交代の時間表を調整するとかで連続勤務になっているから、明け方にユジョンの家に寄ってシャワーを浴びるよう言っておくね。雨でズボンがびしょびしょみたいだから、濡れたズボンを受け取って、あんたの家で乾かしてから、また持っていってあげてくれる？　床暖房のパネルが壊れたんだって、ユジョンのところに余分はないかしら。

難しかったり大金が必要だったりする用事ではなかった。無理だと断ったところでがっかりされるわけでもなかった。でも似たような頼みごとが頻繁に続くと、ユジョンは徐々に不快感を抱くようになった。世の中にマンションは掃いて捨てるほどあるのに、どうしてお父さんはよりによって家の目の前にやってきて、娘に面倒な思いをさせるのだろう。どうして罪悪感を覚えさせるのだろう。考えていたらまた申し訳ない気持ちになり、仕事の帰り道にミカンを一袋買って警備室に向かった。

警備室のドアは大きな錆びついた錠前がつけられ、巡回中の札が掛かっていた。札の下に父の携帯電話の番号が記されていた。携帯電話の番号まで住民に公開するの？　夜中に電話してきてあれこれ要求する人や、電話やショートメールで暴言を吐いてくる人だっているだろうに。

ユジョンがため息をついていると、誰かに肩をぽんと叩かれた。

「何かご用ですか？」

父と同じ警備服を着た中年男性。ユジョンはびくりと一歩後ずさり、いいえと答えた。

「住民の方ですか？」

「いいえ。ここに勤務している人に渡すものがあって」

「あ、ソンさんのお嬢さんですね？　うわ、孝行娘だなあ。よく来られるそうですね？」

どう聞いても褒められているはずなのに、聞いていたら首筋がひんやりしてきた。

「よくでもないのですが。近所に住んでいるので、ちょっと寄りました」

そのとき父が走ってきた。男性は父に向かって軽く目礼すると、元気づけるようにユジョンの肩をぽんぽんと叩いて去っていった。男性が十分に遠ざかってから、父はあの人が警備班長だと教えてくれた。

「班長だと何が違うの？」

「違うこともあるし、同じでもあるし」

そして早く行きなさい、しょっちゅう来るんじゃないとユジョンを押し出した。ユジョンは何も言わずにミカンの袋だけ握らせた。自分の態度にがっかりしている娘の気持ちを読み取ったのか、もう始末書はこりごりだからだと父は言った。

ユジョンの家でシャワーを浴びた日が、そもそものはじまりだった。就寝時間のほんの一時ではあるが警備室を空にした件。警備服でない私服を着た件。この二つの理由から父は始末書を書いた。

奇妙なことに、それから始末書を書く出来事が増えた。生ゴミの回収容器が満杯だったから始末書。駐車案内をする際に住民の車のボンネットを二回叩いたから始末書。車の所有者は普段から不満と抗議の多い人物だった。野良猫の餌場を片付けなかったから始末書。一軒ずつ訪問して各棟の代表を決める選挙の署名を受け取るときも、回収率が悪かったから始末書。モップ掛けのときに水を跳ね散らかしたから、自治会長に挨拶をしなかったから、警備室の中で居眠りしていたから、住民への不満を他の警備員と話していたから……始末書を書いた。

すると警備の業務ではない仕事をあまりに多く引き受けているのではないかと思えてきた。ゴミの分別収集や敷地内の清掃は警備の仕事なのか。宅配便を保管し、返品するのは警備の仕事なのか。住民に頼まれた雑多な使い走りに工事のアシスタント、配達業務、樹木の枝切り、さまざまな選挙や署名業務は警備の仕事なのか。働ける場があることにただ感謝するには体が疲弊していたし、ドミノ倒しのように心も疲弊して倒れはじめていた。そんな思いをして働いても雀の涙ほどの給料しかもらえず、派遣会社の所属だから再契約はしてもらえないかもしれないと、いつも不安だった。

折れそうになる心を立て直しながら、父は掃き掃除をして、宅配便を運んで、巡回をしていた。自動車のトランクから大きなリンゴの段ボール箱を出していた中年男性が叫んだ。

「おい、警備！」

自分のことかと、父はきょろきょろ見回した。

「おい！　そこ、そう、あんただよ、これ一緒に運んで」

父は不快に思う間もなく駆け寄り、向かい合う形で段ボール箱を持った。ぼうっと立っている父に向かって、男性が早く進めというように顎をしゃくった。

「何棟ですか？」

父が訊くと、男性はいきなり段ボール箱を持つ手の力を緩めて訊き返した。

「俺のこと知らないの？」

「えっ？」

「住民の顔も知らないのか？　警備のくせに？　じゃあ、俺が住民か強盗かの区別もつかないのに一緒に運んでるってことか？　それって問題だろ？」

「ち、違います！　もちろん知っています。何棟の何号室か、急にこんがらがってしまって」

慌てて弁明すると、男性は上から下までじろじろと父を見回してから一〇五棟と言った。これからはちゃんとしろよ、見てるからなと脅迫するのも忘れなかった。父は腕の力が抜けそうだったが、負けるものかと堪えた。つらそうな素振りを見せたら最後、業務を減らしてくれるどころか、年寄りすぎて力がないと指摘されるからだ。

玄関の中まで段ボール箱を運ぶと、ようやく男性はご苦労さまと言った。父がぺこりと挨拶して背を向けようとすると、ふたたび男性が呼び止めた。そして父の目の前でがちがちに貼りつけてあるテープをはがしてふたを開けるとリンゴを選びはじめた。上の段の丸くきれいなつやつやしたリンゴをどけると、傷がついて色も変わってしまったリンゴがいくつか見えた。男性はいちばん小さくて黄色くなったリンゴと、皮が剥けるほどの長くて大きな傷があるリンゴを選び出して父に渡した。

「いや、お構いなく。本当に大丈夫ですから」

「そんなこと言わずに、持って帰って食べてくださいよ。お疲れさまでした」

「いやいや、結構です。それでは、これで」

「見た目のせいですか？　これはわざと傷物のリンゴを買ったんですよ。こっちのほうがおいしい。選り好みするなって。あげるって言ってんだから黙って食べなよ」

父は結局リンゴ二つを受け取った。そして警備室の脇にある生ゴミの回収容器に投げ捨てた。

宇成マンションの警備員として経験した理解不能な出来事や苦痛、怒り、疲労について、父は一度も家族に話そうとしなかった。ユジョンが警備室に立ち寄るたびに不安そうな目で早く行きなさいと言うばかりだったが、その日はじめて荒々しい口調で感情をあらわにした。

「こっちは父親とまではいかなくとも、親戚のおじさんぐらい齢が離れているというのに、ずっとタメ口で生意気に。とにかく教養がない。普段は何も言えないくせに、警備員だからとバカにして」

聞いていたユジョンまでプライドが傷ついた。そうだよ、はじめてで慣れない仕事をしているからって、どうしてお父さんがそんなヤツらに侮辱されるのだろう。娘の強張った顔を見た父は、ようやく大らかな口調で付け加えた。

「だからリンゴも全部捨てたじゃないか。捨てたよ。即行で」

父の弁明にユジョンはいらいらした。

「捨てたからって何？　結局はもらったんでしょ！」

なんて口の利き方だと言われると思ったのに父は黙っていた。さらに腹が立った。

「お父さんが捨てたのか食べたのか、その人にわかるはずないでしょ？　その人にとってお父さんは、警備員は、腐りかけのリンゴを渡されてもぱくぱく食べるような存在ってことでしょ。捨てたからって、娘に悪態ついたからって何が変わるの？　最初から受け取るべきじゃなかった。何も言えないのはお父さんも同じでしょ」

優しい気持ちから、父の好物の餅とシッケ〔お米を発酵させた飲料〕を買ってきた。でもユジョンはビニール袋を手にしたまま警備室を出ながら、来るんじゃなかった、来るべきじゃなかったと、むしろ後悔していた。父は呼び止めることも、気をつけて帰りなさいと声をかけることもせず、遠ざかっていくユジョンをただ見つめていた。怒っているようでもあり、恥じているようでもあった。考えこんでいるようでもあり、何も考えていないようでもあった。諦めたようでもあり、決心したようでもあった。とにかくはじめて見る顔だった。父じゃないみたいだった。


その一件から何日も経っていないある夕方、テレビとスマートフォンを交互に見ていたセフンがくっくっと肩を揺らして笑った。ユジョンがどうしたの？　と尋ねると、セフンは一枚の写真をカカオトークに送ってきた。

「宇成マンションに警告マンがいるらしい」

「警告マン？」

　ユジョンは画面の中の小さな写真を人差し指の先でぽんと叩き、画面全体に表示される大きさに拡大した。白い紙に真っ黒な太い字、おそらく油性マジックで書いた警告文だった。内容や字体、紙とペンの色はありふれた市販のものだったが、写真を見た瞬間から心臓が早鐘を打ちはじめた。人差し指と中指で写真を部分拡大して一文字ずつじっくり覗いていると、セフンが詳しい説明をはじめた。

「宇成マンションの警備員のひとりが、マンションの隅から隅までありとあらゆる警告文を貼りつけたんだって。どうしてそんなことするのかって訊いたら、口で言っても理解できないみたいだからって答えたらしい。そのうちにさ、警告文をはがすなっていう警告文まで貼ったって。ソスシにさ、この話をシットコム並みに超おかしく書いた人がいて。ＧＩＦ画像もあるんだけど、それがまた笑えるんだ。画像も送るから」

　ユジョンは笑わなかった。セフンの話もまともに聞こえていなかった。見慣れた字体だった。学校からのお便りや成績表の返信欄でいつも見ていた文字。先生もびっくりしていたお父さんの名筆。セフンが画像を見せながら、笑えるよな？　おかしいだろ？　と言ってきたが、ユジョンは今度も答えられなかった。

　夜のあいだに小さなタンスやブックスタンド、椅子などがゴミ捨て場に置かれた。きちんと処理手数料を支払って廃棄物として出すようにとメモを残したが、誰も処置しなかった。父は管理所長に監視カメラの映像を確認すると言った。所長はそんな犯人捜しみたいなことしたら住民は不快に思うだろう、今さらやっても意味がない、現場を押さえて穏やかに話すべきだと相手にしなかった。

父は潜伏して二日で、旅行用のキャリーケース二つと電気カーペットを捨てる老夫婦を捕まえた。午前零時を少し過ぎた時間だった。

「すみません、これはリサイクルできません。ここに捨てたらダメですよ、廃棄物の申しこみをして、納付券を貼って出さないと」

「ああ、わかってるって。明日、町役場が開いたらやろうと思っていたんだ。まだ夜じゃないか」

「ですから、まず納付券を貼ってから出さないと。それに最近はインターネットでいつでもできますよ」

「うちらみたいな老人にインターネットを使えって言うのか？　俺は娘が送ってくる写真の見方もしらないのに」

言い争いが続くと老婆が割って入った。

「これ、全部使えるものですよ。完全に新品です。必要な人がいたら持っていってもらおうと、ここに出したんです、捨てたわけじゃありません。だからあなたも気にせずに、自分の仕事をしてください」

老婆が夫の手を引っ張って促すのを見ていた父はピンときた。素早くキャリーケースを開けてみると、中から古い靴がいくつも飛び出してきた。

「おばあさん、これは何ですか？　こんなの誰が持っていくと言うんですか？　靴は指定のゴミ袋に入れて、キャリーケースと電気カーペットは納付券を貼って出すようにしてください！」

こうしてはじまった騒動は住民の野次馬が何人か集まり、仮眠中だった別の詰所の警備員までやってくる事態になった。最終的には父の謝罪で片付き、老夫婦は一週間以上もゴミを放置してから納付券を貼った。

父はゴミ捨て場の入口に〈※警告※　廃棄物の投棄禁止〉と書いて貼った。ゴミ箱には〈※警告※　指定のゴミ袋必須、無断投棄時は必ず突き止める〉、警備室のドアには〈※警告※休憩時間中は警備員の呼び出し禁止〉、野良猫の餌場には〈※警告※　餌場の破壊行為禁止（猫をいじめるのはやめましょう）〉、警備室の倉庫前には〈※警告※　宅配便の保管はしません、紛失時の責任も負いません〉、駐車場には〈※警告※　通路への駐車禁止〉と書いて貼った。

警告文には舌や目玉、骸骨といった絵が書き加えられていた。嫌だけど？　なんで？　はいはーい！　みたいな冗談の落書きもあったし、頭のおかしいXX！　お前こそ、ちゃんとやれ！　こんなの貼らせるために管理費を払っているとでも？　といった過激な表現もあった。そのうちに警告文の紙がはがされるようになった。管理事務所がやっているのか、警備班長がやっているのか、それとも住民がやっているのかはわからなかった。父はまたしても〈※警告※　警告文をはがさない！〉と貼りつけた。

父は管理所長に呼ばれて本物の警告を受けた。所長は管理事務所や同僚、住民との不和は解雇事由になると告げ、拳で机をどんどん叩いた。就業規則に書いてあると言われたが、父は思い出せなかった。

「警告文を全部はがして、始末書を書いてください、もう一度騒ぎを起こしたり警告文なんか貼ったりしたら解雇ですから、そのおつもりで！」

「嫌です」

「なんですって？」

「警告文をはがすのもクビになるのも嫌です。私のどこが間違っているのですか？」

「あんたさ、何を言ってるの？　頭おかしくなった？　最初はそんなことなかったのに、どうしちゃったんだ？」

「ここが変なんですってば。異常です！　人の頭をおかしくさせるんです！」

父は即日解雇された。そして大きな鞄《かばん》を一つ背負い、右手には紙袋、左手には猫のキャリーバッグを持ってユジョンの家にやってきた。猫のことをよく知らないユジョンでもわかる血統書付きの品種だったが、ひどい毛並みだった。

二週間前から現れるようになったそうだ。同じ頃に引っ越していった家がキャットタワーをゴミに出していたが、そこが捨てたのではないかと父は疑っていた。あちこちの餌場を覗きこんでいたが、すでに自分の縄張りにしているほかの猫に追い出されて腹を空かせているようだったと。一度などケンカしたのかひどく嚙まれ、父が病院に連れていって治療したこともあった。

「どう見ても飼われていた子だよ。道端に放っておいたら死んでしまう。俺が連れて帰れたらいいが、お母さんが猫嫌いだろ。保護してくれた学生が里親を探している。飼い主が見つかるまで預かってもらえないか？」

小さいときに犬を育てたことがあった。ヨークシャーテリアの雑種で、茶色い毛並みをしていたので〈ポテト〉と名付けた。当時も家族の中で父がいちばんポテトを可愛がり、散歩も、お風呂も、爪切りも一手に引き受けていた記憶がある。あのときからずっと、本当に動物が好きなんだな。ユジョンはすぐに自分が飼うと言った。一緒に暮らす、そうしたい、猫は飼ったことないけど、勉強してちゃんと育てるからと。父は何度も本当かと訊き返し、ユジョンは保護した学生とお父さんには定期的に写真と動画を送るからと約束した。ようやく父の顔が少し穏やかになった。

「その代わりお父さん、私もお願いがあるの」

「うん、言ってみなさい。なんでも聞いてあげるから」

「知り合いに労務士がいるの。お父さんの契約から勤務、解雇までの過程に不当な部分はないか、無料で相談に乗ってくれるって。だからその人に会ってみて、取り返したり補償を受けたりできるものがあるならやってみようよ、一緒に」

父は首を掻いていたが、わかったと答えた。

ユジョンの知り合いに労務士なんているはずがなかった。必死に検索し、苦労して探し回り、費用もユジョンが支払った。

母からの電話も相変わらずだった。延々と続く愚痴に耐えかねたユジョンはいい加減にしてよと言ってしまった。いい加減にして。私に愚痴るのはいい加減にして。お兄ちゃんには話を切り出すこともできないくせに、私にばっかり不満を垂れるのはやめて。頭の中をぐるぐるぐるぐる回っていたそういう膨大な言葉のうち、どれくらいを吐き出せたのかはわからない。母は恨めしそうに泣きながら、わかった、二度と電話しない、娘が恐ろしくて話もできないと、言いたいことだけ言って挨拶もせずに電話を切ってしまった。

窓の向こうに夕日をたたえた雲が広がっていた。そのあいだからのぞく空はひときわ青く、風に乗って流れていく赤い雲が空を紫色に染めていった。明るい日にしか見えない南山《ナムサン》タワーのシルエット、以前はかすかにしか見えなかったが、今はユジョンの足元の高さにある高層ビル、古いマンションの緑色の屋上、マスキングテープを貼ったみたいに真っすぐな道路と、その上を走る自動車の列、一つ二つと灯りがともる街灯、窓、自動車のヘッドライト……。三十二階でガラス張りの向こうの風景を見ていたら、もやもやした気分もすっきりしてきた。そして涙が流れた。

ソヨン洞でもっとも高価なマンション、ロイヤル棟、ロイヤル階、絵のような夕焼けの前に立つと、無性に恨めしく悲しい気持ちになった。涙を手の甲で拭い、鼻水を親指と人差し指でつまんでズボンで拭いた。くっくっという空気の漏れるような音を聞きつけたセフンが書斎から出てきてキッチンを抜け、リビングの窓の前にやってきた。そしてぐちゃぐちゃになったユジョンの顔を目にすると慌てて尋ねた。

「なんで……泣いてるの？」

答えられなかった。言ったところで、あなたに理解できるだろうか。大学を卒業もしないうちから、ソウルの超高層複合型マンションの一室を所有することになったあなたに、叔父さんのレストランから伯父さんの会社に転職したあなたに、家族のグループトークに親が載せる海外旅行の写真に、何も考えずスタンプを押せるあなたに、そのすべてがごく当たり前で自然なことだと思っているあなたに理解できるだろうか。

「夕焼けがあんまり美しくて」

ユジョンが答えると、セフンは可愛いなと言うようにユジョンの頬を軽くつまんでから言った。

「嘘つき」

セフンはそれ以上問いただそうとはせず、ユジョンも流れ落ちる涙のせいで何も話せなかった。セフンが尋ねた。

「エビのアヒージョ作ってあげようか？」

「ううん、コルベンイ素麺《そうめん》〔ツブ貝と野菜の甘辛和えに素麺を添えた、酒のつまみとして人気の料理〕」

「了解。映画観ようよ。良さそうなのを選んどいて」

テレビの前に陣取ると、ポテトがユジョンの膝にひらりと上がってきた。名前は小さいときに飼っていた犬と同じ〈ポテト〉にした。セフンが撫でようと手を伸ばすと耳を伏せて身をすくめ、ふたたびひらりと逃げていった。ポテトはセフンを怖がっていた。セフンがあげるエサは食べないし、セフンがきれいにすると、しばらくはトイレも使わなかった。若い男性を怖がるとは聞いていたけれど、ポテトの身に一体何があったのかわからないユジョンはもどかしかった。ビールを飲んだのに寝つけなかった。

その日の明け方、宇成マンションの各棟の掲示板とエレベーターに新聞記事のコピー二枚が貼られた。ここ二年間に判決が出た、いわゆる警備員へのパワハラ事件の判決文を分析した記事〈原註〈ゴミ〉暴言・突っ張り棒暴行……警備員の現実はさらに悲惨だった（『ソウル新聞』2020.5.13）〉だった。警備員に悪態をつき、一メートルの突っ張り棒で暴行、カッターナイフで脅し、突き倒し、足で踏みつけた住民がいた。だが最高裁判所による確定判決十三件のうち、実刑は三人のみで、残りの十人は執行猶予刑か罰金刑だった。

どういうわけか、この記事は数日にわたって掲示板とエレベーターに貼られ続けた。掲示板を意識して見る人はいなかった。それでも家が高層階にあったり、宅配業者と同乗することになったりした住民は、その退屈でぎこちない時間をやり過ごすために記事を読んだ。そして一様にちっちっと舌打ちした。

警備員に悪態をついたり、殴ったりする人なんている？　ナイフで脅す？　頭がイカれたんだ、おかしくなったんだよ。首を絞めたのに罰金二百万ウォン？　首を絞めるって殺人未遂じゃないの？　こういう人間には臭い飯を食わせないと。なんで執行猶予？　とにかくこの国の法は甘すぎる。一体どこのマンション？　マンション暮らしのどこがすごいんだか。騒音トラブルなんて自分たちで解決する問題だろうに、なぜ警備員に腹を立てる？　あるマンションではゴミの片づけを警備員にやらせているんだって？　こっちが恥ずかしいよ、まったく……。といった具合に、口をそろえてパワハラマンションと住民を糾弾し、心から腹を立てていた。

　ようやく無断で貼られた掲示物の存在を管理事務所が知ることとなった。除去するようにという指示が警備員に下された。

シェリーのママ、ウンジュ

保護者総会だなんて。大げさだと思った。幼稚園はたくさん食べて、よく遊んで帰ってくれば、それでいいじゃないか。何を争議し、意見を申し立てようと保護者総会など開催するのだろう。ウンジュはそんなことのためにセボムをバイリンガル幼稚園に入れたわけではなかった。仕事を終えて帰宅したヨングンにメールの内容を見せながら訊いた。

「行くの、やめようか？」

「なんで？　ママ友と仲良くなって、情報収集でもしてくれればいいんじゃない？　気になってること、いっぱいあったじゃない」

「こういうの、腰が引けるタイプだと思っていたのに」

「ただの人が集まる会合じゃないか」

セボムは二歳の秋から近くの教会が運営する保育園に通った。保育園は教会と同じ建物にあって教団が運営してはいるが、それだけだった。クリスマスパーティをちょっと盛大に開催し、復活祭にイースター・エッグを配り、食前の祈りで歌うくらい。保育ポータルサイトに登録して待機していたら順番が回ってきただけで、ウンジュとヨングンは無宗教だった。

保育園には満足していた。先生たちが愛情深く、のんびりしているのが何より良かった。担任の先生はセボムがお昼寝を拒否するときも、スプーンをうまく使えないときも、首筋が真っ赤になったときも、子どもにはよくあることだとウンジュを安心させてくれた。先生が言ったとおり、すぐにセボムはぐっすり眠るようになったし、スプーンの使い方もうまくなったし、季節が変わると発疹も治まった。しかも政府の支援金以外に個人で負担する額は、イベント費や特別活動費などを合わせても月に十万ウォンほどと安かった。

保育園は六歳クラスまであった。セボムの発育状況を見ながら五歳で幼稚園に移るか、このまま保育園から小学校に入学させるか決めようと考えていた。ゆっくり悩んでいい問題だと思っていた。ところが同じクラスのママたちは、セボムが三歳になった夏から幼稚園を探しはじめた。最初から四歳クラスに入っておかないと、五、六歳のときは増員分しか追加募集をしないから入園は難しいというのだ。ウンジュの気持ちも揺れた。

ヨングンは出勤し、セボムも保育園に行った平日の午前、生協でいくつかの野菜とオーガニックのリンゴジュースを買ったウンジュは、ふと思い立って保育園を訪ねた。窓の外から教室の雰囲気でも見てくるつもりだった。ところがセボムのクラスの子どもたちは前庭の芝生に出ていた。ウンジュは塀に身を潜めてしばらく見守った。

ウンジュでなかったら気づけなかっただろう。セボムが常にみんなの後ろでもじもじしていて、ほかの子がその場を離れるとようやく土を掘り、花の香りを嗅ぎ、実を触っていることに。そのうち誰かがそろそろと割りこんでくると、ぽかんとした顔でまた押し出されていることに。あっち行けよと言う子や、一緒に見ようと言う子たちのあいだで、ぎゅっと口を閉ざしていることに。シャベルを奪われても霧吹きを奪われても、泣きも叫びもしないことに。ほかの子たちより頭一つ小さく、歩き方もよちよちしていて頼りないことに。

家に戻ると、ようやく涙が流れた。自分は一体何をしているのだ。このために十年も働いた会社を辞めたのか。

「これから火曜、木曜は車を使わないでね」

「絶対に?」

「うん。絶対に。セボムをバレエ教室に通わせるから」

「可愛いだろうな」

もちろんレオタードを着せたら可愛いだろうが、ウンジュは可愛い娘を見るために目の前の文化センターではなく、車で十五分、料金も二倍以上かかる専門のバレエスタジオに登録したわけではない。姿勢を正し、骨と筋肉を鍛錬することで背を伸ばし、自信もつけさせるつもりだった。セボムは十一月生まれだから、体格の面で不利なのがいちばんの問題だと判断した〔韓国は一月一日生まれから十二月三十一日生まれの子どもたちが一学年になる〕のだ。

保育園も悩みの種だった。セボムのクラスは園児十五人に先生が二人だが、いくら考えても園児の数が多すぎた。しかも四歳クラスになると一クラスに園児十五人、先生はひとりになる。発育のスピードが千差万別の子どもたち全員を細やかにケアするのはほぼ不可能だろうし、そうなると成長がゆっくりの子は放置され、取り残されるしかないのではないか。その放置される子がセボムだと思うと、ウンジュは息ができなかった。

唇をぎゅっと噛みしめて聞いていたヨングンは言った。

「移ろう。セボムにとって初の社会生活、はじめての経験だらけなのに、意気消沈して引き下がることから学ぶなんて良いわけがないだろ？　そんなことしていたら、あの子の心が壊れちゃう」

「一月、二月生まれの子たちと比べるから遅いのであって、月例で見ればセボムは何一つ遅れてないの。ちょうど目安の時期に歩きはじめたし、やっぱりちょうど目安の時期に話すようにもなった、おむつが取れるのは少し遅かったけど、その代わりに一度も失敗しなかったでしょ。セボムは慎重で正確なスタイルなのね。バレエの先生が言ってた。姿勢を一度整えてあげると、そのまま維持するんだって、まだ三歳のあの子が。小学生のお姉ちゃんたちもできないのに驚きましたって」

「俺、中学校まで陸上やってたじゃないか」

「それ関係ある？　とにかく、きちんとケアしてくれるところに移らないと。一般の幼稚園は保育園と大差ないから、プレイスクールかバイリンガル幼稚園を探しているところ」

「そうだな。お金は心配しなくていいから。夜に代行運転でもすればいいんだから」

候補はシャトルバスで三十分の距離にある〈果実自然学校〉と、歩いて五分のバイリンガル幼稚園〈キッズクラブ〉まで絞られた。どちらも先生に対する園児の数は一般の幼稚園の半分ほど、費用も一般の幼稚園の三倍ほどで条件は似ていた。果実自然学校は広い園庭に屋上庭園まであるので野外活動が多く、特に週に一度は近くの樹木園で花と木を観察し、思い切り遊び回れる点が良かった。キッズクラブは何よりも家から近く、各教室と講堂、調理室まで監視カメラが設置されていて、保護者が携帯電話で子どもをいつでも確認できる点が安心だった。英語はまあ、できるに越したことはないし。

ウンジュとヨングンは長い話し合いを重ね、悩んだ末にキッズクラブを選んだ。果実自然学校に通わせるには、まだ幼いセボムを往復で一時間以上もシャトルバスに乗せなくてはならないのが気がかりだった。キッズクラブの韓国人の担任は全員が幼稚園教諭の資格を持っているし、キッズクラブに勤務して長い点も信頼が置けた。英語はまあ、早くはじめるに越したことはないし。

セボムはキッズクラブに順応した。毎朝、先生たちが尋常じゃないくらい歓迎してくれたのも一役買っていた。ウンジュはしょっちゅう監視カメラを確認していたが、セボムが保育園のときよりもかなり積極的に活動し、新しい友だちと仲良くしているのは確実だった。おかずがおいしいって言うと、何度も何度もおかわりをくれるという話から察するに、ご飯もよく食べているようすだった。すべてに大満足だった。目障りな、たったひとりを除けば。

画面の中、ひとりの男の子が目に留まった。ほとんどの子は体をくねらせたり、きょろきょろしたりしても、大体が決められた場所から大きく離れてしまうことはない。でもその子は教室の後ろにある遊具の前で遊んでいた。ある日は友だちに張りついて座ると、じっとその子を見つめていたし、ある日はひとりで立っていたし、ある日はお昼ご飯の時間に、歩き回るその子を捕まえて食べさせようと先生が苦労していた。何、あの子。ウンジュは妙な不安と不快感に襲われた。

慎重に訊いてみたが、セボムは知らないと答えた。そんな友だちはいないと言うのでもなく、いるけど私とは関係ないと言うのでもなく、いるのかいないのかわからないと。子どもって、そうなのか。周囲で何が起こっているか、はなから気づかないこともあるんだ。それならよかったと思う一方で、深刻な問題だという気もした。子どもは事故が起きても状況を客観的に理解し、対処できないだろうから。

特別活動の日、少し早めにセボムを迎えに行くことにして、担任の先生にその子のことを訊いた。先生はわかっているというように、それでも大したことなさそうに快活な笑顔を見せながら、その子は十一月生まれなんですと言った。

「お母さんもご存じだと思いますが、このくらいのときは一カ月、一カ月の差が大きいじゃないですか。あ、シェリーは利発だし、なんでも早いからお気づきじゃないかもしれませんね。とにかく十一月生まれなうえに、ちょっと成長がゆっくりなんだそうです、その子。お母さんも、そう思われましたよね？　でも誰かの邪魔をしたり、意地悪をしたり、そういうことは一切ありませんから。その子の母親もとても礼儀正しい方ですし、私も常に気をつけていますから、ご心配には及びません」

監視カメラで見た限りでも、特に友だちを傷つけているようすはなかった。わかりましたと引き下がったが、家に戻ってから考えてみると、引っかかる点がいくつかあった。担任が常にその子に気をつけているとしたら、ほかの子には相対的に神経が行き届かなくなるのではないか。それに母親がとても礼儀正しいことと、子どもが散漫なことに、どんな関係があるのか。ほかの保護者は誰も知らないのだろうか。誰も園側に抗議しなかったのだろうか。それからウンジュは監視カメラを見るたびに、セボムではなく、その子を見守るようになった。

総会の会場はセボムの一歳《トルチャンチ》のお祝いを開いた韓国料理のレストランだった。もちろん一歳のお祝いは十五人が定員の小さな個室を借り、両家の直系家族だけで簡素に行った。それでもウンジュはお祝いのお膳を作り、韓服をレンタルし、スナップ写真を予約して撮るのに奔走した。レストランの入口に立つと、スタッフのほうからキッズクラブでしょうか？　と訊いてきた。うなずくと、廊下に沿って右に曲がるとセミナールームがあり、そこの〈A室〉だと言われた。料理を載せたワゴンが忙しく動き回る狭い廊下を道なりに歩きながら、セミナー室なんてあったのかときょろきょろ見回した。セボムのお祝いをした個室は十七番だった。あの子の誕生日が十一月十七日なので、同じ十七だと喜んだことを思い出す。

ふと訝しく思う。なんで私を見るなり、キッズクラブでしょうかって訊いたのだろう？　幼稚園児のママっぽく見えたのかな？　やっぱりこういう集まりには来るべきじゃなかった。自分とは完全に異なる生き方をしていると思っていた人たちと同類だとみなされることに、少し当惑していたし、やるせない気もしていた。ぼうっとした状態で突き当たりまで進み、立ち止まった。誰かがウンジュの肩をぽんぽんと叩いた。

「シェリーのママですよね？」

「あ、はい」

「私はジェイクのママです。お迎えのときに何度かお会いしました」

「ええ、こんにちは。お元気でした？」

「総会にいらしたんですよね？　一緒に入りましょう」

ウンジュはジェイクのママとドア側のテーブルに並んで座った。お互いに親しいのか、かなりやかましいテーブルもあれば、黙って水ばかり飲んでいるテーブルもあった。静かなテーブルには、主に新入生のママたちが座っていた。

店のスタッフがお粥とサラダを全員に配り終えてドアを閉めると、真ん中に座っていた母親のひとりが席から立ち上がった。

「こんにちは、皆さんにご連絡したヘレンのママです。今年からはケイのママになります」

ケイのママのテーブルを中心に歓声と拍手、口笛が鳴り響いた。ウンジュも空気を読んで一緒に手を叩きはしたが、状況がよく飲みこめなかった。歓迎？　応援？　お祝い？　なんで全員が拍手をしているの？

こういうのが難しかった。ママ友の世界で通用する常識、行動、コミュニケーションの取り方みたいなものが。周囲の第一子のママたちは皆うまくやっているのに、ウンジュはいつも空回りしていた。これまで平凡に進学して、就職して、転職して、たくさんの人間関係を経験してきたが、こんなに順応できないケースははじめてだった。色々と考えた。私には向いてないのかな、会社を辞めて社会性に欠けるようになったからかな、ママ友文化って、ちょっと変わったところがあるのかな……。

拍手と歓声が静まると、ケイのママが話を続けた。

「ほとんどの連絡網がそろっていたので今回は私がご連絡しましたが、今後どうやって集まりを継続していくかは、今日またゆっくり話すことにして。まずは食事をしながら、お互いに挨拶しましょう」

ケイのママが座ると、誰かが大きな声で言った。そのままあなたが続けて！ すると同意します、そのとおり、ありがとう、といった合いの手や笑い声が続いた。

現ケイのママ、旧ヘレンのママは昨年までキッズクラブの保護者代表だった。保護者総会はずっとあったわけではなく、代表というのも正式な役職ではない。三年前、ヘレンのママがみんなで食事でもしようと声をかけたのが最初だった。ヘレンのママは年に二、三度ずつ連絡を回し、会費を集め、場所の交渉をした。先生の日には先生への、卒園式には卒園生へのプレゼントを用意した。会費で賄いきれないときは、こっそり自腹で不足分を補った。そのくせ恩着せがましかったり、負担を与えたりするような言動はしなかった。皆は冗談半分でキッズクラブ保護者代表と呼ぶようになり、ヘレンのママもそれなりに受け入れていた。ヘレンは二月にキッズクラブを卒園したが、四歳になった弟のケイが三月から新たに入園したので、誰かが言ったように彼女がこれまでの役割を続ければ済む話だった。ヘレンのママではなくケイのママとして。

同じテーブルの五歳クラスのママが教えてくれた内容だ。そしてケイのママは弁護士なのだと、こそこそ付け加えた。ケイのパパは有名な法律事務所の弁護士で、ケイのママも同じ事務所にいたのだけど、今は退職している。子どもたちのためだ。どんなことにも責任感を持ってベストを尽くす性格だから、育児や教育もぞんざいにしないのだそうだ。もちろんいつでも復帰できる専門職だから可能な選択なのだろうというのが、ジナのママの見解だった。

「ケイのママも弁護士ってことですか?」

ウンジュが尋ねると、ジナのママは呆れたと言うように笑った。

「同じ法律事務所にいたんだから」

「でも法律事務所だからって、必ずしも弁護士とは限らないでしょう。色々な業務があるから。会計だとか、経営だとか、ねえ」

「ケイのママとは時々お茶する仲なの。旦那さんは同僚だったたって言ってたんだから。同、僚」

ジナのママにじっと見つめられ、ウンジュは黙ることにした。法律事務所で働く人は弁護士だけじゃないという思いに変わりはなかったが、弁護士じゃないはずだと強引に思おうとする自分が不思議でもあった。弁護士だったら、なんだって言うのだ。弁護士がそんなに偉いのだろうかと。

ウンジュはケイのママをぼんやりと眺めた。雰囲気の中心はケイのママにあると感じた。しゃべっているのは別の人なのに、人びとの視線のほとんどがケイのママに向けられていた。それから水色のブラウス。ウンジュも似たようなブラウスを持っていた。ケイのママのブラウスは左右の襟のあいだが少し広がり、先端も丸くて可愛らしい印象だが、ウンジュのブラウスは平凡な普通の襟だった。高級ブランドとまではいかなくとも、かなり有名なメーカーの服だから特別な日にだけ大切に着ていたのに、今はどこにあるのかもわからない。

ケイのママがウンジュのほうにふり返った。ウンジュは反射的にうつむいてから、しまったと後悔した。視線を避けるだけでもよかったのに。自然に目礼できればベストだった。会社を辞めてから人と会わなさすぎて、現代人の生活マナーをすっかり忘れたようだった。

「シェリーは幼稚園、楽しいって？　今年は悪戯っ子がたくさん入ってきたそうだけど」

熟した柿を冷凍させたデザートをもぐもぐしながらジェイクのママが尋ねた。もしかして問題の子の話を持ち出そうとしているのだろうか。ウンジュはどう答えたら子どもの陰口ではなく、情報交換に見えるだろうかと考えていたが、逆に訊き返した。

「シェリーは十一月生まれだからか、まだ赤ちゃんみたいで。何もわかってないみたいです。ジェイクはどうですか？」

「男の子は話をしないの。高校生も幼稚園生も、息子はみんな同じ」

「ああ、そうですよね」

そうは思わなかったが、ウンジュは同意してしまった。気にはなっているけど話を切り出す側にはなりたくない、そういうことだよね？　ウンジュも同じ気持ちだから理解はするが、あまりにも浅はかに見えた。だったら最初から訊かなきゃいいのに。

デザートを食べ、梅ジュースも飲み、そろそろお開きとなる雰囲気だった。あっさりしたメニューばかりだったのに喉が渇いて、水を並々と注いで飲んだ。気になることも、知りたいこともたくさんあった。言いたいことも本当はあった。でも、なんの収穫も楽しさもない会合だった。虚しさを感じながらセミナー室を出ると、水を飲み過ぎたせいかトイレに行きたくなった。周りのママたちに挨拶をしてから廊下の反対側にあるトイレに向かった。

洗面台でケイのママが手を洗っていた。ウンジュに気づいたのか、ケイのママのほうから会釈してきた。ウンジュも微笑んでみせた。ケイのママは肩にぎりぎりかかる長さの髪を耳にかけていたが、もみあげの髪は一筋残して自然に垂らしていた。それが偶然に作られたスタイルなどではなく、細やかにお手入れされたヘアなのだということはウンジュにもわかった。

用を足して個室から出ると、ケイのママはもういなかった。ぽっかり穴が空いたようだった。ケイのママが手を洗っていた場所に自分も立ち、手ぐしで髪を耳にかけながら彼女のことを考えた。好感の持てる外見、きちんとした態度、優雅ながらも気楽な雰囲気。でも本当に弁護士なのだろうか。

上下四本ずつ、合計八本の歯型がくっきり見えるほどの強さでセボムが腕を噛まれた。ウンジュが腹を立てる暇もなく、先生のほうから傷を見せて何があったのか、どのような措置を取ったか、今後はどうやって事故を防ぐか説明し、半泣きで謝罪までしてきた。本当に、本当に申し訳なくて顔向けできないという先生に、とてもじゃないけど怒ることなんてできなかった。

殴るでもなく、噛みつくとは。四歳にもなった子が友だちを噛むだろうか。ウンジュはその歯形がどうしても理解できなかった。ひとりの子が頭に浮かんだ。監視カメラの中で幼稚園をふらふら歩き回っていた子。

「誰が噛んだんですか？」

「その子のお母さんにもはっきり申し上げましたから。二度と、本当に二度とこんなことはないと約束もされました。また同じことが起こったら転園するなり、とにかくシェリーのお母さんの望むとおりにするそうです。ですから今回だけは誰なのかは聞かずに、私たちに任せていただけませんでしょうか」

ウンジュは監視カメラを見続けていなかったことを後悔した。それからしばらくはスマートフォンを一時も手放せなかった。一日中、小さな画面の中のセボムだけを見守った。そして風邪気味で薬を飲んで少し昼寝した日の、よりによってその瞬間、今度は背中を噛まれた。薄い体操服一枚しか着ていなかったので、皮膚に少し傷がついた。電話をもらったウンジュが病院に駆けつけると、セボムは小児科の待合室の椅子に座って泣いていた。傷は小さく、出血も多くない、消毒して絆創膏《ばんそうこう》を貼っておいたから、すぐに治るだろうと医者は言った。ただ子どもがひどく驚いたようだから、寝ている最中にひきつけを起こさないよう見守ってあげてくださいと念を押された。

解熱剤を飲んだからか、腹が立ちすぎていたからか、ウンジュは全身がしんと冷たくなるのを感じた。横に医者や看護師がいるのもお構いなしに幼稚園の先生を問い詰めた。

「あの子ですよね？　この前の子。ひとりで教室を歩き回って、ひとりだけ違うことをしていた、あの子でしょ？　監視カメラで全部見ていたんですから」

視線を避けながら困り果てている先生に、ウンジュはまた嚙みついた。

「これまで問題はなかったんですか？　なかったようには見えないけど。ずっと、こうやって幼稚園側がかばってきたということでしょうか？　どうしてですか？」

「申し訳ございません」

「先生が謝ることではないですよね」

「申し訳ございません。本当にすみません」

セボムが帰ろうとぐずったせいで、話は宙ぶらりんのまま終わった。セボムは午後のあいだはよく笑い、よく遊び、よく食べたが、寝る時間になるとぐずりはじめた。ウンジュはセボムをぎゅっと抱きしめ、子守唄を歌いながら背中をとんとんした。セボムはめそめそしていたが、すぐに眠りについた。

幼稚園からは、また同じことが起こったら望みどおりに処理するという約束を取り付けてある。この件を全保護者に報告するように言おうか。クラスを変えてほしいと言おうか。その子を幼稚園から追い出せと言おうか。まだ四歳にしかならない子どもに、そこまで冷酷な仕打ちをしてもいいのだろうか。眠るセボムを見下ろしながら悩んでいると、担任の先生からショートメールが届いた。その子の母親が謝罪をしたいそうだと。

一晩たつとウンジュの心も少し落ち着いた。約束の場所へとゆっくり歩きながら、幾通りかのシチュエーションを予想し、それに合う反応も準備しておいた。相手が常識的な人で、心から謝罪するならば、注意するようにとお願いするくらいで終わらせるつもりだが、居直るようならば強い態度に出るつもりだった。

カフェの前に着くと、窓の向こうに見慣れた後ろ姿があった。肩にぎりぎりかかる長さの明るいブラウンヘアー。まさか。ウンジュが震える心で一歩ずつ近づいて窓の前に立つと、女性が顔を上げた。カフェの窓越しに二人の目が合った。風が吹いてウンジュのロングヘアが乱れた。雲が晴れたのかウンジュを見上げる顔に一瞬だけ日差しが降り注ぎ、女性は目を閉じて顔をしかめた。ケイだったとは。ケイのママだったとは。ウンジュはドキッとした。

席に着くと、ケイのママがぺこりと頭を下げて言った。

「申し訳ございません。お詫びに参りました。許してほしい、もう一度だけ勘弁してほしい、そういうことを言うつもりで来たのではなく、とにかく本当に申し訳なくて」

ケイのママは言葉を続けられず、しばらく涙ぐんでいた。

「シェリーは大丈夫ですか？　本当にごめんなさい。シェリーが怖がるかもしれないから、ケイはとりあえず幼稚園を休ませています」

「いや、あの、そこまで……」

ケイのママは、どんな対応を望んでいるのか、なんでも話してほしいと言った。いざそんな態度に出られると、むしろウンジュのほうが申し訳なくなった。つっかえながら大丈夫です、こんなことが起こらないように今後は気をつけましょう、明日からはケイも幼稚園に行かせてくださいと答えてしまった。するとケイのママは隣に置いていた紙袋をテーブルに載せた。

「どう受け取られるかわからなくて、差し上げてもいいものか、ずっと悩みました」

ウンジュは何が入っているのかわからない紙袋を受け取ることも、押し返すこともできずにいた。ケイのママと紙袋を交互に見ていると、ケイのママが言った。Tシャツです。高いものではないので、負担に思わないでくださいという意味らしかった。シャツを買おうと常連のインターネットショッピングモールを見ていたら、母娘のペアTシャツが目を引いたそうだ。

「お迎えのときにシェリーを何度か見かけました。この服を見たときにシェリーのことを思い出して。本当にほかの意図はありません」

デパートのブランドコーナーしか行かなそうに見えるのに、インターネットで服を買っているとは。ケイのママに親しみを覚えるようになっていた。受け取っていいのかわからない、シェリーのことを考えてくださってありがとう、いつか食事でもご一緒しましょうと挨拶し、和やかなムードでその場は終わった。

カフェを出ると、ケイのママがどこに行くのですかと訊いてきた。ウンジュが東亜マンションの第一期に住んでいると答えると、ケイのママが自分もだと喜んだ。だがそれも束の間、親しくもない相手と狭くて騒々しい大通りの歩道を並んで歩くのは気まずいし居心地も悪く、ウンジュはただただ逃げたかった。大通りを抜けて周辺が静かになると、ケイのママがウンジュに尋ねた。

「ところで私たち、どこかで会ったことないですか？」

「えっ？」

「シェリーのママとは初対面のような気がしなくて。以前からこの近くにお住まいですか？」

「いえ、結婚と同時に引っ越してきました」

「そうだったんですね」

またしてもしばしの沈黙。今度はウンジュが言った。

「私は一九八五年生まれです」

「私は八六年ですけど、早生まれなので八五年と同学年になります〔韓国の新学期は三月のため、二〇〇九年までは三月一日生まれから翌年の二月二十九日生まれの子どもで一学年が構成されていた。当時は一月、二月の早生まれの子は就学を一年遅らせることもできた〕」

「じゃあ、ほぼ同い年ですか」

「そうですね」

「どこかで会っているかもしれません」

「そうですね」

一〇二棟の前に到着するとウンジュが言った。

「家はここです」

ケイのママは顔を上げて一〇二棟を見上げてから、お気をつけてと挨拶した。ケイの家はもっと奥にあるようだ。敷地の入口側には坪数の少ない家が集まっていて、奥に進むにつれて坪数が多くなっていく。ウンジュはそんなことを考える自分が情けない。

「あの、シェリーのママ！」

ケイのママが共用玄関の暗証番号を押すウンジュを呼び止めた。そして一歩近寄ってくると、唇を触りながらためらっていた。ウンジュが尋ねた。

「何かおっしゃりたいことでもあるのですか？」

「もしかして」

「はい」

「ミジン女子高の卒業生ですか？」

ウンジュはこめかみのあたりで、ばりばりっと氷の欠片が砕ける音を聞いた気がした。皮膚が裂けるまで噛まれたセボムを前にしたときと同じ冷気が、体をかすめながら下りていった。

「ミジン女子高の卒業生ですか？」

ウンジュが訊き返し、ケイのママは奇妙な笑みを浮かべてそうだったのかとひとり言を言っていたが、ぺこりと頭を下げると小走りで去っていった。ケイのママの揺れるブラウンヘアーを見ながら、ウンジュはしばらく佇んでいた。


本棚をひっかき回したが卒業アルバムは見当たらない。セボムが帰ってくる時間まで探し続け、夜はセボムを寝かしつけてから家中をくまなく捜索した。アルバムは本棚の上、保育園での活動ファイルや保険証書の類いをまとめて入れている段ボール箱の中にあった。

グループトークでケイのママのプロフィールを確認してみると〈ヘレン&ケイのママ　イ・ソヨン〉と名前が登録されていた。アルバムの最後にある住所録を開いて〈イ・ソヨン〉を探したがなかった。ウンジュは一組からページをめくりながら確かめたが、イ・ソヨンという名前も、ケイのママとおぼしき顔も見つからなかった。アルバムを閉じて目をつぶり、ケイのママの顔を思い浮かべてみた。それからふたたび最初のページ、最初の写真から詳細にチェックしていった。そして六組で自分の写真を見つけた。目鼻立ちから雰囲気まで、困惑するほど今とは大違いだった。諦めのような感情が湧いてきた。自分の顔も見分けがつかないくらいなのに、他人の顔がわかるのだろうか。しかも二十年近く前の写真の。

そう考えると、むしろ気楽にクラスメイトとの思い出に浸ることができた。この子は眉毛シェーバーを持ち歩いていて、クラスの子たちの眉を整えてくれた。この子はお昼を食べるときも問題集を解いていた。この子は女優になるって、毎日オーディションを受けていた……。同じ年に生まれて近隣に住み、同じ服を着て、同じ教室で一日を過ごしていた子どもたち。皆、今はどこでどんなふうに暮らしているのだろうか。ほとんどが自分と同じように、美しくも悲しくもない日常を生き抜いているのだろうと思った。同時に知りたくもなった。この子たちはいま幸せなのだろうか？

最後に七組の卒業写真をじっくり見ていると、ひとりの生徒が目に飛びこんできた。仲が良かったわけではない。三年生になった初日に二重《ふたえ》まぶたの整形手術をして現れたのだが、はっきりわかるほどの手術跡だったので、全校生徒の脳裏に焼きついてしまった子だった。先生たちが名前の代わりに二重まぶた、二重まぶたと呼びながら、その子の頭を拳で突いていたものだった。高三なのに勉強もしないで二重まぶたの手術だなんて！　卒業写真にも手術の痕跡はありありと残っていた。腫れた目にまんまるの頬、目や頬よりもぱんぱんではちきれそうなふくれっ面。名前は、イ、ジャ、ヨン。そうだ、イ・ジャヨンって名前だった。

しばらくイ・ジャヨンの写真を眺めていたら、どういうわけか泣きたいような怒りたいような気分になってきた。なんだろう、この感情は。この、感情は。それに、この目、鼻、口元、顎のラインはなんだろう。この見慣れた顔は誰？　イ・ジャヨン、イ・ジャヨン、イ・ジャヨン……イ、ソヨン？　ウンジュは手足の力ががっくりと抜けていくのを感じた。ケイのママだ。ケイのママが、あのときの二重まぶただ。そう気づいてから見ると、同一人物なのは確実に思えた。

ウンジュはがくがく震える両腕でアルバムを抱きしめてキッチンに向かった。テーブルにアルバムを置き、冷蔵庫から缶ビールを取り出すと急いで開けた。テレビを観ていたヨングンがふり返り、ビール飲んでるの？　と尋ねた。ウンジュはテーブルに寄りかかり、立ったままごくごくと飲み干してから、うんと答えた。ヨングンが軽快な素早い足取りで駆けてきた。肩を揺らして鼻歌まで口ずさみ、冷蔵庫から缶ビール、棚からナッツの袋を一つ取り出した。ウンジュはヨングンの向かいの椅子を引いて座ると卒業アルバムを広げた。イ・ジャヨンの写真を指差しながら訊いた。

「この子、どう見える？」

ヨングンはアルバムを引き寄せると、写真を覗きこみながら言った。

「二重まぶたの手術をしたの？」

「うん。それであだ名が二重まぶただった」

「すっごく、すごく気が強そうな顔」

ヨングンは人差し指で自分の眉間をつんつん突きながら顔をしかめ、ウンジュはイ・ジャヨンにまつわるいくつかの噂を思い出していた。他校の女子生徒とケンカになったのだが、彼氏がすっ飛んできて相手をボコボコにしたことがあった。イ・ジャヨンは高校生なのでどうにか免れたが、彼氏は刑事処罰を受けたと聞いている。三十過ぎの成人だったからだ。町のチンピラだ、カラオケ屋の社長だ、さまざまな噂が飛び交った。あ、カラオケ屋をやっていたのはイ・ジャヨンの母親だったかな。あれ、イ・ジャヨンがカラオケ屋でアルバイトしてたんだっけ。イ・ジャヨンは眉毛をすごく細くしていた。カーッ、ペッ！　と痰を吐く姿を目撃したこともある。当時はウンジュも怖い子だなと思っていた。

「幼稚園のママ友だった」

「うわあ、世の中狭いな」

「弁護士だなんて信じられる？　この子が？」

「弁護士なんだって？」

「そういう噂」

「でもさ、二重まぶたの手術と弁護士なのは、なんの関係もないんじゃない」

「知らないから、そんなこと言えるのよ。高校のとき、どんな子だったか」

「仲良かったの?」

「ううん、仲良くはなかったけど……」

ウンジュは残りのビールを飲み干した。保護者総会の日のように、ずっと喉が渇いていた。弁護士かどうかは、まあ、わからないとして。ほかはすべて事実だ。イ・ジャヨンは大きな法律事務所に所属する弁護士と結婚して、ウンジュよりも広い家に住み、二人の子どもを高額なバイリンガル幼稚園に通わせる、優雅で誠実で礼儀正しい母親になった。あの二重まぶたが。ひとりで勝手に抱いていたケイのママへの好感すらも、今となっては屈辱だった。


セボムは無意識にウプス、サンキュー、グッジョブ、エクセレントといった言葉を口にした。それなのにウンジュが英語で話しかけたり挨拶したりすると、首をかしげて答えない。バイリンガル幼稚園に通わせているのを知った祖父母が、セボム、英語で話してごらんとたまに声をかけるが、そのときも固く口を閉ざしていた。英語の実力が特段伸びているようには見えなかったが、英語のことだけを考えて幼稚園を選んだわけではないので構わなかった。

セボムは同じクラスのエマと仲良くなって一緒にバレエへ通うようになり、ウンジュはジェイクのママと親しくなり、午前中に時々会ってコーヒーを飲むようになった。親しくなってようやく、ジェイクのママはケイに対する不満を打ち明けるようになった。

「母親の影響力がなかったら、あんなふうにケイを放っておくはずがないじゃない? 言おうよ。私がこんなに悔しいんだから、当事者のあなたはどれほどの思いか」

「ケイは治療が必要だと思いません？　同じ母親として、あんなふうに放っておいていいのか、病院には行ったのか、すごく心配になります」

「ずいぶん優しいのね。ケイの心配してる場合？」

「シェリーは傷もすっかり治ったし、大丈夫ですってば。それにもしかすると、ケイのママ……」

　ウンジュは訊きたかった。知りたかったし、確かめたかったし、それとなくほのめかしたかった。でもどうしても言い出せなかった。

「ケイのママが何？　どうしたの？」

「うーん、つまり、気づいてないってことはないですか？　ケイの状態について？」

「信じたくない気持ちはあるのかも。認めたくないとか。親は二人ともあんなに優秀なのにね。ケイのお姉ちゃんもすごく賢くて、しっかりしているらしいよ」

　ウンジュはそれ以上話さなかった。ケイのママの秘密を自分だけが知っているという事実は刺激的でもあり、息苦しくもあった。ただ一つだけ理解できないのは、ケイのママのほうからミジン女子高の卒業生だと明かした点だ。二人が本当に同窓生で、ウンジュが自分にまつわる過去のエピソードを思い出したら、どうするつもりだったのだろう。恥ずかしくはないのだろうか。

　それから一カ月もしないうちに、ケイがまたセボムを嚙んだ。今度は首筋の下、僧帽筋付近だったので、レオタードを着ると歯形があらわになった。セボムの後ろ姿を見たバレエの先生が驚いて悲鳴をあげた。

ケイを幼稚園から追い出してほしいと言うと、園長先生はうろたえて途方に暮れた。次にこういうことがあったら、こちらの望みどおりにすると言ったはずだった。園長先生のほうから。これで三度目だ。ウンジュはここまでくれば要求してもいいだろうと考えていた。

「遊戯療法を受けているそうです」

園長先生が訊いてもいないのに答えた。ケイが遊戯療法を受けていたら、どうだって言うの？　セボムが嚙まれたという事実がなくなるとでも？　ウンジュは腹が立っていたが、セボムをこれからも園に通わせる立場上、園長先生との関係をこじれさせても良いことはないとわかっていた。シェリーの状態が不安定だ、今も夜になるとひきつけを起こしたり、泣いたりして目が覚める、私もケイは気の毒に思う、でも被害児童の安定が優先ではないのかと、できるだけケイを貶めることのないように意見を伝えた。それでも園長先生はためらうばかりだったので、ウンジュは訊いた。

「先生、もしかして私の知らない事情でもあるのですか？」

てっきりケイのママの話をするのだと思っていた。園に全幅の信頼を寄せ、二人の子どもを預けてくださっている方だ、幼稚園の仕事に誰よりも関心を持って協力してくださっている方だ、これまでの信頼と愛情があるから、とても出ていけとは言えないといった話を。ところが園長先生は意外な理由を挙げた。

「ここのお母さんたちって、うるさいじゃないですか」

「えっ？」

園長の会合に出向いて話を聞くと、ソヨン洞のママ友たちは集まる回数がひときわ多く、そうなると自然に陰口や要求事項も多くなるという話だった。教育熱がここより高い地域や、専業主婦が多い地域でもそんなことはないのに理由がわからないと。園長は、シェリーのママはそういう母親たちと仲良くないからご存じないでしょうがと、ウンジュとそういう母親たちのあいだに一線を引いた。気分は悪くも良くもなかった。

「もっと困ったことになるでしょう。私たちも、ケイも、それからシェリーも。何も間違ったことをしていなくても、そうなんですから。つまり世間の噂になるような状況を作るのはやめようということです」

ウンジュの心はしばし揺れた。女の子の母親が男の子を追い出せって言ったんですって？　いくらなんでも小さな子ども相手にそこまでする？　子どもってケンカしながら成長するものじゃないの？　女の子ってちょっとしたことで泣くし、告げ口するし、本当に厄介なんだから。そんな声が聞こえてくるようだった。耐えられるだろうか。大量の陰口、早合点、デマ、非難。だからってセボムの傷を黙って見ていられる自信もなかった。しかもこれがケイ、イ・ジャヨンの息子によるものならば、なおさらだった。

「ケイのママには伝えてください。シェリーがひどく苦しんでいると」

来たついでにセボムの教室を窓越しにこっそり覗いた。さっき苦しんでいると告げたのが決まり悪くなるほど、セボムはきゃっきゃっと笑いながら隣のお友だちと折り紙で何かを作っていた。ケイは見当たらなかった。首を伸ばして教室をうかがってみたが、遊具の前にも窓の前にもいなかった。ケイは今日お休みなのかな。そのとき教室前の椅子に座る担任と、その膝に座るケイが見えた。二人で一緒に折り紙をしていた。どうしてあんなにケイを特別扱いするのだろう？　ああいう愛情は、うちのセボムに向けるべきじゃないの？

ため息をつきながら幼稚園を出ると、せっかちなジェイクのママから電話があった。

「何を話したの？　園長はなんだって？　どうすることにしたの？」

「シェリーの最近のようすと、何に苦しんでいるのか、そんな話。他人の子の話なんかしたってどうにもならないし。幼稚園を辞めろとか残れとか、私が言うことでもないし」

「そうだよね、それがいいかも。ずっと面倒なことやお金のかかることは、全部ケイのママが処理してきたのに、ケイが退園したらどうなるか。代わりにやる人なんている？　ケイの退園を歓迎するママはいないいんじゃない？」

ウンジュは怒る気力もなかった。運転しなきゃいけないからと答えて電話を切った。

夕方までにケイのママから何度か電話があったが出なかった。すると申し訳ない、謝罪したくて電話した、望むならケイは転園させるとメッセージが来た。ウンジュはそれにも返事をしなかった。ケイを転園させることもできる、いざ考えてみると、園長先生とジェイクのママの言葉が頭に浮かんで複雑な心境になった。深夜まで眠れなかった。

翌朝にセボムを幼稚園に送って出てくると、建物の入口にケイのママがいた。自分に電話をし、メッセージを送り、会えないかもしれないのに待っていたのはケイのママなのに、なぜかウンジュのほうがわかってもらえない悲しみのような感情に襲われた。ケイのママが立っていた洗面台の前に自分も立ち、ケイのママが見ていた鏡を自分も覗きこんだ保護者総会の日を思い出す。あの頃の私は、今のケイのママみたいだったのかなとウンジュは考える。

コーヒーでもというケイのママの提案に忙しいからと答えた。じゃあ、コンビニ前のパラソルの下に座って少し話しませんかという言葉も拒絶した。ケイのママの口元が震えた。そして低い声でつぶやいた。

「まるで大罪を犯したみたいな扱いね」

ウンジュは呆れて笑ってしまった。

「そうそう。それでこそ、イ・ジャヨン」

深い考えがあって吐いた言葉ではなかった。不快ではあったが、こんな言い方までするつもりはなかった。ウンジュはものすごく後悔したが、だからといって謝る気にもなれず、ただ腕組みをして視線を避けていた。ケイのママは下唇を噛みしめ、喉が上下するのがわかるくらいの勢いでごくりと唾を飲みこむとウンジュに尋ねた。

「イ・ジャヨンがどうだって言うの？　どんなのがイ・ジャヨンなの？　あんた、イ・ジャヨンと仲良かった？　私は高校時代に一言も話した記憶ないけど？」

興奮してまくし立てていたケイのママががっくりうなだれた。

「いや。ごめん。謝りにきたのに」

ケイのママに対する感情の変化を自分でも理解できず、ウンジュは少し疲れていた。ケイのママ、あるいはイ・ジャヨンへの相反する気持ちを、もうすべて消してしまいたかった。

「わかった。もうやめよう」

「うん。ごめん。もうやめよう。でも、あれはどれも事実ではないんだってば。高校のときも、今も。ほんとに、もう嫌になる。うんざり」

うんざりなのはウンジュも同じだった。シェリーのママでいることも、セボムのママでいることも、そういう女性たちのひとりだと思われないように頑張る生活にも、そういう女性たちをめぐる言葉の数々にも、誤解にも、敵意にも、心からうんざりしていた。でも、だからどうだって言うのだ。そもそも、そういう女性とは一体どんな女性で、そうじゃない女性とは一体どんな女性なのだろう。

ウンジュは、ジャヨンと呼ぶべきかソヨンさんと呼ぶべきか、しばし悩んでからケイのママ、と声をかけた。

「もうやめよう。私に連絡して、あちこち探し回って謝罪して、卑屈にふるまうのはやめてほしい。ケイを退園させろとは言わないから」

ケイのママが返事をする前にウンジュは背を向けた。生協に寄ってナスと韓国カボチャ、オーガニックのリンゴジュースを買い、東亜マンション第一期の一〇二棟に入ったところで、そういえばイ・ジャヨンは何棟に住んでいるのだろう、ふと気になった。

ドキュメンタリー番組の監督、アン・ボミ

「今日も人間より先にカメラが入ってくるのね」

「お嬢さん来たのか？　カン君は？」

ボミはビューファインダーで両親を見ながら答えた。

「今こっちに向かってるとこ。会社出てからずいぶんになるのに、まだ地下鉄だって」

「カン君も大変だな。今時あんなに誠実な人間はいないよ。うちの娘は、男を見る目だけはあったな」

父が慈愛に満ちた顔で言った。学生時代は父親が怖いとか、お互いに口も利かないという友だちも多かったがボミは違った。ボミの父親は姉弟に対していつも愛情深く、ユーモアのある存在だった。どんな失敗をしても包みこんでくれたし、いくらとんでもないことを言っても、とりあえずは最後まで聞いてくれた。

高校三年生になって、いきなり美大に行くと言い出したときも、浪人して美術をやめたときも、哲学科に進むと言ったときも、テレビ局の公開採用に落ち続けたときも、社員が二人しかいない製作プロダクションに契約社員として入社したときも、若すぎるし仕事もない男と結婚すると言ったときも、父は変わらずボミを信じて応援してくれた。有無を言わさずカメラを向けたときも同じだった。母は詳細も知らずにカメラは嫌だ、撮影は嫌だ、テレビは嫌だと怯えまくっていたが、父は内容を訊く前からオッケーしてくれた。

「ボミが俺たちにとって良くないことをすると思うか？　必要ないことをすると思うか？　お前は聞きもしないで、とにかく嫌だって言うのか？」

　ボミはマンションにかんする、実際は父にかんするドキュメンタリーを撮るつもりだった。


　マスコミ就活の勉強会メンバーと久しぶりに会った。地上波のプロデューサーをしている女性の先輩が独立し、事務所のお披露目パーティーを開いたのだが、集まってみると今もテレビや映像関連の仕事をしているのは、六人の中でその先輩しかいなかった。大変な苦労をして業界に就職したのに激務に追われて脱落した人もいたし、公開採用に何度か落ちてさっさと進路を変えた人もいる。

　ボミはさまざまな広報ビデオを製作する小さなプロダクションに長いこと勤めていた。ドラマの現場を追いかけてメイキング映像を撮影し、簡単なインタビューやイベントの映像を撮る仕事をメインにしていた。撮影した映像や資料映像を編集してテレビ局の公式ホームページ、ポータルサイトのドラマのページ、YouTubeチャンネルにアップしたりもしていた。現場は活気があったし、先頭に立ってアイディアを出せる雰囲気もよかった。でもいくらやっても〈自分の作品〉とは思えず、それはひどい渇きを覚える、そして虚しい現実だった。

　プロダクションを辞め、公開採用に再チャレンジするようになったのが一年前だ。若くないし、これだと言えるような経歴もないが、ほとんどのテレビ局がブラインド採用を取り入れていたから、そういう条件は実際のところ関係なかった。でも以前よりも切実に頑張っているのに成果が出なかった。ボミは徐々に自信を失っていったし、すべての家事と経済活動を黙って一手に引き受けてくれている夫にも面目なかった。いつまで続くかもわからない絶望の時間を過ごしていた。

喉がひりひりするほど一気にビールを流しこみ、ボミが嘆くように訊いた。

「先輩、一体どうやったら公開採用って受かるの?」

全員が怪訝そうな顔でボミのほうにふり返り、プロデューサーの先輩は訊き返した。

「また公開採用受けるの?」

ボミがうなずいた。

「テレビの字幕に私の名前が流れるところを、うちの親に見せてあげたくて。先輩、どうしてそれが、私にはこんなにも難しいんだろう?」

先輩は少しのあいだ考えていたが、自分が所属していたドキュメンタリーチームでは、外部からの作品を幅広く受けつけていると用心深く切り出した。ダビングと音楽、効果みたいな部分まで完璧に仕上がっていなくても問題ないそうだ。完成された映像をそのまま流すケースもあるが、仮編された状態から後半の作業を一緒にやって放送するほうが多い、アイテムがどれだけ新鮮か、取材がどれだけうまくできているかが大事だと言った。

「撮影とか照明が放送できないレベルでなければ大丈夫。後からの作業もある程度は可能だし。でも、ほら、こういうのってあるじゃない。プロデューサーには撮れないもの。自分の話、当事者の目線で内側からリアルに切り取ったもの、生きているもの、現場、素顔、本音、本物の声。そういうコンテンツを喉から手が出るほど求めてるね」

そのときボミの目の前に、ある光景が浮かんだ。マンションの入口で〈ソヨン洞には賃貸マンションではなく図書館が必要なのです!〉プラカードを掲げる父の後ろ姿が。


ソヨン洞はボミの父がソウルに上京して最初に落ち着いた町だ。

「当時は一面にバラックが建っていた。あっちに砂糖工場、その横にお父さんが勤めていた練炭工場、その前には川。川辺を鶴が飛び回っていたんだ」

「ちょっと、嘘でしょ。ソウルのど真ん中に鶴がいるわけない」

「本当だって。ここは釣り人もたまに来てたんだからな。お父さんも腕くらいあるフナを捕まえたことがあるよ」

「いっそ人魚がいたとか言っちゃえば。そのほうが面白くはある」

酒がいい感じに回ってくると、父はいつもソヨン洞の原風景を語った。ボミも数百回は聞いていたから、実は自分が生まれるよりもかなり昔のソヨン洞の地図も描けるくらいなのだが、撮影のためにもう一度質問したのだった。父は飽きることなく、目を輝かせて同じ話のレパートリーをくり返した。

ボミと父親は両親が暮らすソヨン洞の現代マンションから出発し、以前に住んでいた家や所有していた家を回った。父の説明のほとんどは、ここは昔な、ではじまった。良くなった、良くなった、世の中良くなったと、ずっと感嘆していた。当時は物がなくて、不便で、危険だったと言いながらも、希望とロマンがあった時代だと付け足した。カメラ越しに見る父は余裕のある温和な表情をしていた。

撮影のおかげで二人きりでランチに行くこともできた。百雲ビルに手作りのハンバーガーショップができたので行ってみたが、父はパティが柔らかい、バンズが香ばしい、バターの香りがいいと、しきりに親指を立ててみせた。ハンバーガーは好きじゃないのかと思っていた。考えてみると、ボミにはじめてハンバーガーを買ってくれたのは父だった。ソヨン駅の前にあるロッテリアで、こうして向かい合わせに座ってハンバーガーを食べたっけ。ボミは鼻がツーンとするのを感じた。

百雲ビルを出ると、予定になかった一階の不動産会社に入った。かなり年配の社長が、自分もここの人間だと喜んで出迎えた。カメラに対する嫌悪感もまったくなかった。むしろよく来たと、壁の一面を埋め尽くすソヨン洞の地図のほうへボミを誘った。社長の説明も父のそれと似ていた。

「宇成マンションと現代マンションの建っているところは住宅街で、上のほうはすべて無許可のバラック、この道沿いに市場、ここは今もソヨン小学校があるだろう？　私はソヨン国民学校の一期生だ。当時はあの川の前は一面の田んぼだった。田んぼがあったところに、後から工場が入ってきて」

父が割って入った。

「あそこに練炭工場があったじゃないですか。私は若い頃、そこで働いていたんです」

「おっ？　私の弟もあそこに勤めていたけど？　お宅はいつ頃ですか？」

「私は長く勤めました。一九七九年から二十年ほどです」

「そうなの？　じゃあ、うちの弟のことも知ってそうだけど？　キム・ヨンス。一九五八年生まれの戌年、キム・ヨンス」

「あ、そうなんですね。当時、キム・ヨンスって名前の人は何人かいたので」

「そうだな。ヨンスってたくさんいたよな。キム・ヨンスはよくある名前だった」

社長の弟は三年も持たなかったそうだ。仕事がきつく、人も荒っぽかったのに、よく二十年も堪えたな、すごいなと父をおだてた。

父には自分の家を持つという目標があった。寮は監獄みたいに思えたと言っていた。工場ではバラックの狭苦しい部屋に大の男を五、六人ずつ押しこめ、共同洗面所に共同トイレを数十人に使わせていた。下水溝が詰まらない日はなく、トイレはいつも吐き気を催すほどの惨状だった。父は早くその場から抜け出したかった。

若く世間知らずな同僚たちが酒だ、女だ、賭け事だと夢中になっているとき、父は誰よりも誠実に働き、あくせくと貯金した。狭苦しい寮から一間の借家へ、中古の一軒家の売買へ、新築マンションの分譲へと、着実に住まいのレベルを向上させていった。父ひとりの稼ぎは都会の勤労者の平均水準だったが、不動産投資が成功して資産を増やすことができた。今はソヨン洞に四十五坪と三十四坪のマンションを一室ずつと、ＩＴ企業やベンチャー企業が密集するデジタル団地の近隣に、七世帯が入居するワンルームマンション一棟を所有していた。

長く疲れるソウル遊覧を終え、帰りの車中で父が言った。

「自手成家《チャスソンガ》って言葉があるだろ？　自らの、手で、成す、家。自分の手で家を成す。これぞまさにお父さんの人生そのものだ。二十歳のときに身一つで上京して、家も、建物も、この車も、全部お父さんの努力で手に入れたんだ」

父が質素で、誠実で、利口な大人だということは否定しない。でも高度成長期の韓国を生きた、運の良かった旧世代なのも事実だと思っている。

今のように規制がガチガチではなく、取得、譲渡、保有に伴う税金の負担もほとんどなかった時代、父は投機に近いやり方で不動産をひっきりなしに売買していた。分譲されたマンションから歩いて十分の距離に地下鉄の駅ができ、売れなくて厄介扱いされていたマンションの向かいにデパートが入り、騒々しいのが唯一の短所だったマンション前の大通りは地下化され、損得考えずに購入した低層マンションの近隣に大規模なデジタル団地が造成された。運もあったし、建設景気が良かったこともあった。それからは低層マンションをワンルームマンションに建て替えて貸し出したが、デジタル団地に通勤する若い会社員が多く、現在まで一度も空き室が出ることなく安定した収入源になっている。父にとって家って何なのだろう。マンションって何なのだろう。

ボミの最初の記憶はベランダでシャボン玉を吹いている光景だ。まだ幼稚園に通う前、つまり三、四歳の頃だ。夏で、母はデニムのスカートを穿いていた。デニムのスカートとは。当時の母は、今のボミのように若かった。

ボミと母はベランダの窓を開け、網戸も少しだけ開けると、窓の外に向かってシャボン玉を飛ばした。シャボン玉がようやく通れるくらいの幅しか開けていないのに、母はしゃがみこんだボミの腰を片手で抱き寄せていた。ストローの端を吹くタイプのありふれた道具だったが、母はそれも不安だったのか、何度も大げさに注意した。

「風車《かざぐるま》を吹くときみたいに、ふーふーってするのよ。絶対に吸いこんだらダメ！　石鹸水を飲んだら死んじゃうからね！　わかった？」

ほかにもいくつかの場面が思い出される。窓の外にふっと飛び上がり、ぷかぷかと少しずつ沈んでいくシャボン玉。紫色にピンク色に揺らめいていた表面。すき間を通り抜けられず、欄干に触れてぱちんと割れてしまう大きな玉。その石鹸水がボミの手に跳ねた瞬間の涼やかな感触。

両親と家族アルバムを見るシーンを撮影していると、デニムのスカートを穿いた母の写真が出てきた。どこかわからない大きな木の下で、片手に生まれたばかりの弟を抱き、片手でボミの手首を捕まえている若い母。眩しいのか三人とも思い切り顔をしかめている。ボミは、ベランダでシャボン玉したの覚えてる？　と母に尋ねた。

「ベランダ？　そんなことあった？　そうね、どうしてそんなことしたんだっけ？」

「私が四歳くらいだった。そのときのお母さん、このデニムのスカート姿だった」

母は写真に手を伸ばすとデニムのスカートの部分を撫でていたが、やがて空気の抜けるような声で笑った。そしてしばらく考えこんでいたが答えた。

「四歳だったら、ボミが半ギプスしてたときかも。宇成マンションにいた頃」

「私、半ギプスしてたの？」

「宇成マンションの公園にあるすべり台って、ちょっと高かったじゃない。あんた、まだおチビちゃんなのに、いつもすべり台の下から逆走して、階段から飛び降りて。そのうちに足を捻って半ギプスしたじゃない、真夏に。それでも片足でけんけんしながら跳ねて、ふざけて、自転車に乗るって駄々こねて」

母は言いながら呆れたというように首を振っていた。慎重でおとなしかった弟と違ってボミは事あるごとに急ぎ、怖いもの知らずに飛びかかっては怪我することが多かった。破壊し、割り、めちゃくちゃにするのも得意だった。アルバムの幼いボミの膝や腕はかさぶただらけだった。あるいは顔に絆創膏を貼っていたり、手に包帯を巻いていたり、目の周りに痣《あざ》を作っていたり。

その頃の写真は日常を記録するというよりも、特別な日を記念するためのものだった。これでもかと着飾った服装、ぎこちないくらいの笑顔、欠かせないピースサイン。でもボミの父はなんでもない日、なんでもない瞬間にシャッターを押すことが多かった。アルバムには幼いボミの日常と成長がそっくりそのまま残されていて、母は休む間もなく記憶を解きほぐしていった。

これは公社住宅の公園ね。あんた、このブランコから落ちて腕の骨が折れたじゃない。これは現代マンションみたい。どうしてエレベーターの鏡に三人しか映ってないかわかる？　あんたはエレベーターより早く着くんだって、いつも階段を駆け下りていたの。あ、宇成マンションの噴水！　とにかくあんたは怖がりもせずに、ざぶざぶと入っていった。このベランダの家庭菜園、覚えてる？　大林《テリム》マンションの三階にいたときだね、たぶん？　低層階が良かったのは、あんたが上履きとか体操服を忘れて登校しても、ベランダから投げて渡せたこと。誰もいないバスケットコートで自転車に乗る練習をしている写真、仲良くなったお隣さんと廊下にビニールシートを敷いてスイカ割りしている写真、ベランダの欄干を伝って家まで上がってきた一階のお宅のアサガオの写真、マンションの前で開かれたマルシェの大型ブランコに乗って満面の笑みを浮かべるボミと、泣いている弟の写真……。母がアルバムをめくりながらつぶやいた。

「うちのアルバムには、ソヨン洞のマンションの変遷がすべて写ってるのね」

家族は引っ越しをくり返した。両親は賃料よりも買値と売値の差額で資産を増やすタイプだった。余裕資金もなく、税金の負担もあったので、居住用の不動産と投資用の不動産を区別して運用するのは難しかった。分譲され、落札され、売買した家にせっせと移転し続けた。それでもラッキーだった点があるとすれば、ほとんどがソヨン洞の中での移動だったことだ。ボミはたった一度しか転校しなかった。父の投資三大原則のおかげだった。急がないこと、無理をしないこと、よく知っている地域に投資すること。

家族が思い出に浸っていると、ボミの夫が大きな黒いビニール袋を手に入ってきた。生臭い匂いがもわっと押し寄せてきた。夫はリビングではなくキッチンに直行し、母はがばっと立ち上がると婿のほうに近づいていった。ボミがふり返り、何？　と口の形だけで尋ねると、夫も口の形だけで刺身と答えた。

「お母さん！」

ボミが怒鳴った。夫がやめろと言うように目配せし、首を小さく振った。一瞬にして家の中の雰囲気が冷ややかになった。母がボミの顔色をうかがいながら言った。

「カン君、魚を捌いてもらってきたのね？　みんな、こっちに来てお刺身を食べましょう。アラは煮込んで辛い鍋《メウンタン》にすればいいね。鍋に入れる野菜を切っておいたから。一緒に入れるすいとんの生地も作ってあるし」

全員が黙って包装をはがし、器やスプーン、箸をセッティングし、辛いタレ《ヤンニョムジャン》と刺身を包んで食べる野菜を取り出した。ボミは刺身をくっくっと押しながら低い声で言った。

「最近はデリバリーできないメニューなんてないの。電話さえあれば、こういうお刺身セットも、コーヒーも、アイスクリームみたいなものも、ぜーんぶ玄関の前まで持ってきてくれるんだってば。それなのに、どうして疲れている人にいつも買ってこさせるの？」

母は答えず、夫が慌てて口を挟んだ。

「俺が買ってくるって言ったんだ。帰り道だろ」

「あれって帰り道なんだ？　地下鉄を途中下車して、駅の外に出て、市場まで二十分歩いて、魚を捌いてもらって、駅まで二十分歩いて、また運賃を払って地下鉄に乗る、そのどこが帰り道なのよ！」

母が電話したのは明らかだ。夕飯は簡単に刺身でも食べよう、盛り合わせの大を一つだけ買ってきてちょうだい、会社の帰り道に寄ればいいでしょうと言ったのだ。ボミに頼んだら一蹴されていただろう。ボミはうん、うんと生返事するだけで夫に伝えもせず、婿に何をやらせるのだと腹を立てもした。それから両親は直接連絡をするようになった。

家が近いという理由から、両親はちょくちょく婿を呼びつけた。ボミの夫は出勤や退勤の途中に、週末は寝ているところを起こされ、時にはわざわざ有休を取って義実家の用事を手伝った。釘打ちやペンキ塗り、何かを買ってくる些細な雑用から、家具の移動や家の修理にキムチ作りまで、両親は息子でも娘でもなく婿を頼った。ボミはうまく断れない夫も、婿を下僕のように使う両親も気に食わなかった。

夫がそこまでおどおどする理由はわかっている。結婚するときにボミの家から多額の援助を受けたからだ。ようやく二十七歳になった頃だった。ボミは当時もドラマのメイキングフィルムを撮っていて、夫は会社が廃業して失業中だった。決して結婚できる状況でなかったのは事実だ。お金も、計画も、希望もこれといってないのに、でも、だからこそ一緒にやり遂げたかった。お互いの慰めや理由になりたかった。結婚話を切り出すと、母はボミを部屋に連れていって静かに訊いた。もしかして、あんた妊娠したの？

ごてごてした結婚式はやるつもりないから、家族だけで食事でもしようという提案に、ボミの父は死に物狂いで猛反対した。最終的に結婚式の費用は父が負担した。ほかにも愛する娘がワンルームで新婚生活をスタートさせるなんて見るに忍びないと、ソヨン洞の東亜マンション第一期、三十四坪に住めるようにしてくれた。

父は投資目的で購入した近郊のマンションの転売制限が解けたので処分し、金銭面で余裕ができたところだった。そうでなくてもソヨン洞にもう一つマンションを買っておこうかと探している最中だった。地下鉄の出口の話もあるし、物流倉庫も移転するそうだから、ソヨン洞の住宅価格も高騰するタイミングがあるだろうと考えた。これまでと同様に投資の第一条件は、近くてよく知っているソヨン洞だった。父は自分の名義でマンションを購入してボミ夫婦を住まわせた。国税庁が資金の出所を詳しく調べるというのに、収入の少ない二十代の娘に家を買ってあげて複雑な事態になったりしたら面倒だと。

「とりあえずここに住んで、請約の申しこみを続けてごらん。〈生涯初〉住宅資金とか、新婚向け特別供給みたいなのを狙うのもありだな。分譲価格の上限制のおかげで、最近は分譲住宅を買う＝金儲けになっているから」

ボミは何も考えていなかった。父はここに住めるのは五年までだぞ、それ以降は賃貸物件にするなり、タイミングを見て売るなりするつもりだと言っていたが、娘を追い出すようなことはしないだろうと、たかをくくっていた。

「うん。パパが教えてね、請約だとか、分譲だとか言うの」

「パパが請約通帳を作ってあげたじゃないか。お前もやり方を知っておかないと。不動産を知らないと金儲けはできないぞ。世の中そういうもんだ」

父の言う世の中とは、どんな世の中なのだろう。ボミの世の中とは距離があるが、もしかすると夫の世の中とは少し近いのかもしれない。それぞれの軌道を休むことなく回る、永遠に出会うことのない惑星を思い浮かべた。惑星たちが軌道から逸脱できないよう、ものすごい力で引き寄せている存在とはなんなのだろう。地球は秒速三十キロメートルで太陽の周囲を回っているそうだ。ボミは見当もつかないほどの速さで宇宙を疾走している地球の上で、落ちることも転ぶこともなく、そのスピードを感じることもなく、とてもゆっくり生存していた。

家に着くとボミは撮影した動画をノートパソコンに移し、ダイアリーを開いてスケジュールを確認した。明日は父が一人デモを行う日だ。父は〈ソヨン駅三番出口を待つ住民の会〉を作り、選挙区の議員の事務所と市庁、区庁の前でデモ活動を続けていた。宿願だったソヨン洞図書館が白紙になってからは体育施設や公園、ソヨン駅三番出口の建設に、今まで以上に熱を入れているようだった。

撮影を控えたボミの心情は穏やかではなかった。公共施設を建ててほしい、公園や道路を作ってほしいと要求するくせに、マンションは嫌だ、賃貸マンションはもっと嫌だ、高齢者施設も嫌だという父の姿は、娘のボミでも受け入れがたいものだった。だとしたら家族でもなければソヨン洞の住民でもない人びとの目には、どう映っているのだろうか。ボミのドキュメンタリーが本当に地上波で放送されでもしたら、父も、ボミも、この家も、散々罵倒されるのは目に見えていた。

父は約束の時間よりも早く棟の入口に着いてボミを待っていた。当たり前のように鞄を受け取って持つ父に、ボミは尋ねた。

「ほんとに撮影しても大丈夫？」

「構わないよ。我が家、家族、パパが入居者会議をしているところ、全部撮ったじゃないか。それなのに一人デモはダメなんてこと、あるわけないだろう。もうカメラにも慣れたから、ちっとも気にならないし。パパはうちの娘に必要なら、なんでもするつもりだ」

「そういう意味じゃなく……」

どうやったところで視聴者がパパに良い印象を持つはずがない、これまでの言動もぎりぎりのラインなのに、一人デモは本当にみっともなくて見ていられないとは、とても言えなかった。ひとまず撮ってみて、これは無理だと思ったら捨てればいいか。撮る前から心配して制限するのはよくないだろうと黙ることにした。父が尋ねた。

「どうした？　パパが俗物すぎるって？　ハゲタカみたいか？」

「何それ！　私が、いつそんなこと言った？」

思い切り否定したが、ボミは耳まで真っ赤になっていた。まさに父が口にした単語そのものだと考えていた。俗物。ハゲタカ。父は意に介さなかった。むしろ威張るような表情で答えた。

「みんな、すごいと思うんじゃないか？　ひどくうらやましがるはずだ。悪口を言う人？　いるかもしれないな。うらやましいからだろう。妬んでいるからだ」

並んで歩く父娘の間隔が徐々に開いていった。父はボミの鞄を担ぎ、デモに使うプラカードまで持っているのに、背中をピンと伸ばした姿勢で歩幅を維持している反面、ボミは少しずつ猫背になり、歩みも遅くなっていった。疲れているみたい、朝食を食べてないからパワーが出ない、コーヒーを飲んでいないから眠気が冷めないと言い訳を探してみたが、本音は行きたくなかった。議員の事務所が入っている建物の前に立つと、砂袋をぶら下げたみたいに足取りが重くなった。

向こうのエレベーターのドアが閉まろうとしているのを見ると、父はすみません！ と大声で叫んだ。ボミもふらふらと後について走って乗りこんだ。開くボタンを押して待っていた男性が父を見ると、アン・スンボク先生！ とうれしそうに挨拶してきた。知り合い？ この建物に入っているのって、ほとんどが事務所だったけど。父も愛想よく笑いながら尋ねた。

「おや、もう出勤ですか？」

「はい。後ほど事務所で住民不動産の講義があるじゃないですか。先生もそれでいらっしゃったのではないですか？」

「そうです。興味を持っている住民が大勢集まりますからね」

「お手柔らかに頼みますよ？」

ボミが訝しげな顔で二人を交互に見ていると、父が男性にボミを紹介した。

「こちらは監督さん。ドキュメンタリーの監督です。最近、私と家族を撮影している」

男性は、えっと言って口をぽかんと開けたままボミを見ていたが、こんにちはと挨拶した。

ボミもぺこりとお辞儀した。

「どんなドキュメンタリーですか？　テーマは？」

「えっと、暮らしの話です。平凡な人間の暮らしの話」

ボミがまごまごしながら答えると、男性はボミの言葉をくり返した。平凡な人間の暮らしの話。平凡な人間……。父が今度は男性をボミに紹介した。

「それから、こちらは秘書官をされている方」

ボミも男性がさっき反応したように、えっと言って見返した。ここ数年の父は選挙区の議員に対し、休むことなくあらゆる建議や提案や抗議をしてきた。テレビのニュースで、選挙のポスター掲示板で議員を見かけるたびに、彼や周辺の人たちにとって、父はどんなに面倒くさくてうんざりする存在なのだろうと思っていた。それなのにこれほど親しげに温かく接していたとは。こういうのを社会生活って言うのだろうか。しょっちゅう会っているうちに憎めなくなったのだろうか。

秘書官は最後まで礼儀正しく挨拶すると事務所に入っていった。ボミがカメラを向けると、父は慣れたようすで廊下の端まで行き、フレームの中に向かって歩いてきた。そして議員の名前が縦書きで刻まれている玄関前にプラカードを持って立った。

「プラカードの内容を読んで」

「ん？　これか？　ソヨン洞には、ソヨン駅、三番出口が、必要だ、キム・ムンシク議員は、約束を、守れ」

「文章は誰が書いたの？」

「集会で。集会があるんだよ。ソヨン駅三番出口を待つ住民の会、ほとんどが東亜マンション第一期の住民だ。三番出口ができるとしたら、あそこの前だからな。だから一緒にやろう。お前の家の前に出口ができたら、どんなに便利だと思う？」

「地下鉄乗らないもん。私はバスが好き」

ボミが興味なさそうに答えると、父は鼻を鳴らして笑った。地下鉄にはあまり乗らないだけでなく、東亜マンション第一期の前に三番出口ができたとしても、地下鉄の利用が今より便利になるわけではないこともわかっていた。ホームの位置が変わるわけではないからだ。ソヨン駅三番出口までは近いだろうが、その改札口からホームまではものすごく長い距離になるだろう。地下鉄の利用客にとっては一番出口まで歩いてすぐに地下鉄に乗るのも、近くの三番出口から入ってひたすら歩くのも同じことだ。でも東亜マンション第一期の所有者にとっては、これは大きな違いなのだろう。ソヨン駅三番出口から徒歩三分のマンションになるのだから。

ビューファインダーの中の父は純粋で切実に見えた。実物の心も純粋で切実なのだろう。プラカードを持った父とカメラを持ったボミの距離はぴったり三歩。一・五メートルほど。でもボミは、二人の距離は永遠に縮まらないような気がしていた。ボミにとってマンションは、ただの家だ。故郷であり、思い出であり、いま住んでいるところ、それだけだ。それ以外になんの意味も価値もない。

ボミが考えにふけっていると、エレベーターの止まるチーンという音が誰もいない廊下に響きわたった。一階のロビーで見かけた若いガードマンたちだった。なんとなく不吉な予感。ほかの事務所をすべて通り過ぎ、こちらに目がけて歩いてきた二人がボミと父の前に立った。許可なく撮影したせいだろうか？　個人の記録用だと言おうか、ほかの事務所は撮っていないと言おうか、公益のための報道映像だと言おうか。男が尋ねた。

「今、一人デモになっていないことはご存じですね？」

ん？

「お二人ですから、一人デモではありませんね。〈集会及び示威に関する法律〉違反です」

父がプラカードを下ろし、ボミを指差しながら言った。

「こっちは撮影しかしていないだろう。ひとりでやっているのに、どうして一人デモじゃないんだ？　俺が何年やっていると思ってるんだ、そんなことも知らないとでも？　〈集会及び示威に関する法律〉違反だなんて、聞いて呆れるね」

「とにかくこのまま続けるのであれば、私は通報するしかありません。一人デモかどうかは警察署か法廷で判断してもらってください」

「議員事務所から連絡があったのか？」

「議員事務所の人たちだけだと思いますか？　通り過ぎる全員が見たはずです」

「そんなわけないだろう！　誰も通らなかったぞ。誰だ？　誰から何を聞いてきた？」

とうとう父が男の肩を指で突いた。男は反射的に父の手首をつかみ、父は放せ！　どういうつもりだ？　と大声をあげた。シチュエーションそのものにも困惑していたし、額に青筋を立てタメ口で荒々しく抗議する父が見知らぬ人のようでもあり、ボミはカメラを中途半端に持ったまま後ずさりした。廊下沿いに並ぶ事務所のドアが細く開いたと思ったら、中から人びとが覗きはじめた。野次馬が登場すると父は男にまとわりつき、さらに大きな声で騒ぎ立てた。ようやくボミの存在に気づいたもう一人のガードマンがカメラを指差しながら言った。

「カメラ！　撮影しているんですか？　撮るな！　撮らないで！」

ボミはカメラを切ることも片づけることも思いつかず、とっさに抱き寄せた。男が近づいてくるのに背後は壁で行き止まり、前は人がいっぱいで逃げられなかった。ボミは必死に助けを求める眼差しを送った。目が合った瞬間に父の顔が冷たく歪んだと思うと、自分の腕をつかんでいるガードマンをさらに荒々しく振り払った。揉み合う中、男の肘が父の顔に当たった。父の眼鏡が飛ばされてボミの前に落ちた。

両手でカメラを抱きしめているので、フレームの細い眼鏡をぼんやりと眺めるしかできなかった。ガードマンの手がボミのカメラをつかみ、ボミはああっと悲鳴をあげて座りこんだ。前もろくに見えていない父は、文字どおりにぶーんと飛んでくると男の背中に覆いかぶさった。

「うちのボミに触るな！　ボミ！　ボミ、大丈夫か！」

だが男はふらふらとバランスを崩してボミのほうに倒れこんでしまった。ボミは下敷きになって悲鳴をあげ、父は男の襟をつかんで罵声を浴びせ、男は息ができずにげほげほと咳きこみ、もうひとりのガードマンは服から手を放してください、放してと叫びながら父を制止するあいだに野次馬の数はさらに増え、廊下は修羅場と化した。

結局は議員事務所の職員まで出てきて、ようやくその場が収まった。絡まった手と体がようやく離れて四人がそれぞれの場所で立ち上がると、床には真っ二つになった父の眼鏡がぽつんと転がっていた。ガードマンがボミに尋ねた。

「どういうことですか？　お二人の関係は？」

ボミはなかなか口を開かなかった。目を泳がせながらためらっていたが小さな声で答えた。

「私はただのドキュメンタリー監督です」

「ドキュメンタリー？　監督？　こちらの方が、うちのなんとかって言っていましたよね？」

ボミは今度も答えなかった。父がしゃがみ込んで床を手探りすると、ガードマンが眼鏡を拾って渡した。父は壊れた眼鏡を受け取って状態を入念にチェックしていたが、顔を上げるとボミに言った。

「今日は帰りなさい。一人デモだから、ひとりでいないとダメらしい」

カメラを鞄にしまって整理していると、父がボミの肩をさすった。

「気をつけて帰るんだよ」

ようやくボミが尋ねた。

「眼鏡もないのに大丈夫なの、パパは？」

「大丈夫。じっと立っていればいいんだから」

背を向けたボミの背後から、パパ？　パパって言った？　娘さんですか？　なのに、どうして監督だなんて言ったの？　ひそひそ話が追いかけてきた。ボミは前だけ向いて歩いた。

撮影は暫定的に中断した。あの一件については二人とも二度と口にしなかった。父は何事もなかったように、どうして最近は撮りにこないのかと訊いたがボミは気が乗らなかった。そんなときに地方の大学に通っている弟が戻ってきて、久しぶりに家族全員がそろった。

姉弟は近況を語り合い、冗談を言い、相も変わらずお互いの進路を心配した。大学に残って勉強を続けると言っていた弟は気が変わったそうだ。卒業したら家に戻ってくるつもりらしい。父が出し抜けに尋ねた。

「そうだ、残金の期日はいつだっけ？」

「来週の金曜日。金曜の午後二時」

「うん、パパと前日に出発しよう。引っ越しの準備を一緒にしないと」

ボミはなんの話かと弟に尋ねた。

「引っ越すの？　あと一学期しか残っていないのに、どこに？」

「もう単位は全部取ってあるから、次の学期は週に二回くらいしか大学に行かなくていいんだ。だから友だちの家から通うことにした。残りの時間はソウルで就活しようかと」

「大人になったね、うちのボムギュも？」

「俺はとっくに大人だよ。あとは姉ちゃんさえ大人になればね」

ボミがちらりと横目でにらむと、弟はにこにこ笑った。歳が離れているせいか、いつまでも子どもみたいな弟だった。自分の始末もてきぱき済ませ、ああやって偉そうに言い返すようにもなって。本当に大きくなったとボミが泣きそうになっているのに、弟は平然としていた。

「ソウルを行ったり来たりすると忙しくなるだろうから、マンションは売っちゃおうと思って。もっと値上がりしそうな気もするんだけど」

弟の言葉にボミの涙がすっと引っこんだ。

「あんたが住んでるマンション？　大学の前の？　あれってチョンセ〔賃貸契約時に月々の家賃の代わりに高額の保証金を預ける韓国特有のシステム。退去時に保証金は返却される〕じゃなかったの？」

「お父さんが除隊のプレゼントに買ってくれたじゃないか」

除隊のプレゼント。ボミは口の中のご飯をぷっと吹き出して笑ってしまった。除隊のプレゼントにマンションだなんて。こういう会話をしていると、うちってまるで財閥みたいじゃない？　これまで自分のアイデンティティを平凡な小市民の家族の長女くらいにしか思っていなかったボミは呆気にとられた。〈パパ、うちら讃岐うどん食べに、日本にでも行ってこようか？〉

父はボミをじろりと見ると、箸でおかずをかき回しながら大したことなさそうに言った。

「当時は一億ウォンもしなかった」

大人にはなったが、まだ若干幼さの残る弟が調子に乗って付け加えた。

「でも今は三億になったじゃない。産業団地が造成されて、広域鉄道も通るって話があるから」

ボミは平静を装って答えた。

「いいね、ボムギュは。大金稼いだね？」

「贈与税を払ったら、いくらも残らないよ」

贈与税？　ボミはいつの間にか父を見つめていた。父はカルビを一切れつまむと、ボミのご飯茶碗に載せながら言った。

「肉を食べなさい、肉。たくさん食べるんだよ、お嬢さん！」

熱心に肉をかじっていた父の手と唇は油でてらてらしていた。ボミは箸をかたんと音を立てて置いた。

ソウルのマンションは急激に値上がりしていた。公示地価が現実になるとか、総合不動産税が強化されるとか、譲渡税率が高くなるというニュースも連日のように流れていた。父はボミ夫婦が暮らす東亜マンション第一期を所有し続けるのも負担だし、売るのも惜しいと思っていた。もっと値上がりするだろう、少なく見積もっても融資の可能ラインである十五億までは行くだろうと予想していた。だがそんな高額で売ったところで、実質は一日も居住していない家の譲渡差額は、ほとんど税金で持っていかれることになるだろう。

父は悩んだ末、息子に家を贈与することにした。贈与税も億単位にはなるが、譲渡税と比べたら半額ほどだし、今もソヨン洞のマンションは価格上昇の余力が大きいと見通したからだ。どうせ息子が結婚するときに家を準備してやらなくてはならないはずだから、前もって贈与しておいたほうが色々な面で有利だった。

「ボミ、お前はまめに請約の申しこみを続けなさい。当選したときの契約金は、パパがなんとか工面してあげるから」

「わかったよ。出ていくから。今すぐ出ていきますよ」

「アン・ボミ！　なんて口の利き方をするんだ？　パパがいつそんなことを言った？」

ようすをうかがっていた弟も言った。

「そうだよ、姉ちゃん。今すぐは出ていかなくていいんだから」

そのセリフにボミは爆発してしまった。

「ちょっと！　あんたって空気も読めないの？　善良な大家さんにでもなるおつもり？　それからママとパパも、今後はカン君をこき使わないで。いや、彼に連絡もしないで！」


家に着いてからも怒りは収まらなかった。顔がめちゃくちゃになるまで涙を拭い、鼻をかむボミを夫が慰めた。

「俺たちの生活力に合う家を、俺たちの力で手に入れよう。狭くたって不便だってどうってことないよ。大家にチョンセを値上げしたい、出ていってくれって言われても、どうってことない。俺たち若いんだから」

ボミもそう思いたかった。でも心は思いどおりにならなかった。私は嫌だ、狭いのも、不便なのも、不安なのも。弟は私よりも若いのに。考えていたら、また涙が溢れた。夫はボミの気持ちを和らげようと、さらに大げさに言った。

「それにさ、わからないよ？　ボミのドキュメンタリーが大ヒットするかも」

ボミはすすり泣きながら、かろうじて答えた。

「私、あのドキュメンタリー作れない」

「えっ？　撮影も終わっているのに、どうして？」

「作れないよ。このままじゃ無理。私に何が言えるの。どうしたらいいんだか」

ボミは数日にわたって撮影ファイルを最初から見直してみた。最後はあの日の映像だ。画面がぶれすぎて何も見えなかったが、オーディオは鮮明に残っていた。うちのボミに触るな！ボミ！　ボミ、大丈夫か！　恥ずかしかった。無礼な父が、俗物な父が、恥を知らない父が、そしてそんな父とは違うと思いこんでいた自分自身が。

父は姉弟の住居問題をすべて解決してくれた。ボミには住む場所を用意してくれただけで、弟にはそこを所有させたという違いはあるが、そんなことはどうでもよかった。ボミにとってマンションはただの家なのに。故郷であり、思い出であり、いま住んでいるところ、それだけなのに。それ以外になんの意味も価値もないのに。それなのに寂しいし、がっかりもしていた。つらくて腹が立った。

何不自由なく育った。溢れるほどの援助を受けてきたし、結婚後も両親に頼って生きてきた。しかも父の俗物根性を暴くドキュメンタリーを製作して、キャリアの足がかりにしようとしていた。もしかするとボミも、父と同じ俗物だったのかもしれない。

百《ペ》雲《グン》学院連合会の会長、ギョンファ

計算の家庭教師をしていたときから、ギョンファの目標は百雲ビルに進出することだった。百雲ビルはソヨン洞の塾が集まる場所であり、ソヨン洞の私教育そのものだったからだ。十五階建ての建物に百を超える中規模、大規模な塾や個人レッスンの教室、読書室〔勉強や読書をするための机を貸す自習室。二十四時間営業の場所もある〕、スタディカフェがびっしり入居しており、一階には受講生が簡単にお腹を満たせる粉食屋〔ラーメンや蒸し餃子といった粉もの料理を提供する食堂〕、ベーカリー、子どもを送迎する保護者のためのカフェがあった。

百雲ビルは向かいの現代マンションの入居がはじまる時期に完工した。最初から塾が多かった。中学校からも遠くないし、現代マンションの敷地内に小学校が開校したこともあって需要は十分にあった。ひとたび塾のビルとして定着すると、他業種のテナントが退去したところに塾が入ってふたたび満室になり、塾の比率が徐々に高くなっていった。六階はどういうわけか病院の階になったが、小児科学、整形外科、成長を専門に扱う漢方医療の病院、子ども専用の歯科、最後に小児精神科まで開院すると、その構成は完璧になった。

ギョンファの〈正しい英語・数学学院〉は四階にある。百雲ビルの界隈を行き来していると、在学生や卒業生たちが先生、先生と声をかけてくるのがうれしかった。今や完全に定着したという実感が湧いた。少し前には〈百雲学院連合会〉の会長にも就任した。名前だけの会だし、ギョンファが昔からソヨン洞に住んでいるという理由で押しつけられるように引き受けたが、面倒だとは思っていなかった。

定期的に院長たちとお茶を飲み、食事をして、学院長の研修や通学バスの安全教育、責任保険の情報などをやり取りした。車両署名簿や受講料の納入証明書、個人情報の取扱いにかんする同意書などの書式を共有したりもした。思いどおりにいかない講師、トラブルメーカーの子ども、うるさい保護者のリストをアップデートする時間でもあった。

「この町の雰囲気って本当に独特。すごくプライドが高いわりに、なんて言うか所属意識がないって感じ?」

「そうですよね。ソヨン洞の学校は嫌だって引っ越したのに、塾は百雲ビルに通い続けるじゃない」

「みんな交通や職場のために移住してきた外部の人だから、そうなのでしょうか?」

「単に、このビルの塾に通いたいだけでしょう」

ソヨン洞の学校は総体的に入試の成績が良くない。だから子どもたちは学校からは離れたがるくせに百雲ビルの塾からは離れられず、ソヨン洞の近隣に住む子どもたちは百雲ビルの塾に通いながらも、ソヨン洞を軽視したがった。入りたい欲望と出たい欲望が入り混じり、ぐらぐらと沸き立っている場所。学院長であり、生徒の保護者であり、ソヨン洞の住民でもあるギョンファは、たまにそういう立場が自分の中で衝突するのを感じていた。

塾の多いソヨン洞でブランド価値のない地元の補習塾が生き残ったのは、院長のギョンファが数学の基礎をきちんと理解させてくれるという口コミが広まったおかげだった。そして勉強のできる息子、チャニの広告塔としての効果も侮れなかった。

塾を移転させるとチャニもついてきたし、塾の講習科目が変わればチャニも勉強する科目を変えたし、先生が入れ替わるたびに、チャニも新しい先生に慣れなければならなかった。純真で素直なチャニは髪の毛を引っこ抜くのが癖になるまで、一度も反抗したことがなかった。母の塾に通い、母の同僚のテストを受け、スケジュールと約束のすべてを母が把握している状況で育った。ギョンファは当たり前だと思い、チャニは仕方ないと思っていた。

六年生の冬休みだった。チャニが塾の授業に三十分も遅れた。ギョンファも授業が多い日だったので、帰る時間になるまで遅刻に気づかなかった。家に帰ってから尋ねると、曜日を勘違いして遅くなったと何事もなかったように答えた。チャニの祖母もそのときまで知らなかったのか、遅刻したの？　と訊いていた。

チャニがシャワーを浴びているあいだ、ギョンファはチャニの鞄と服を片づけていたが、習慣のように携帯電話を開いた。友だちからメッセージが来ていた。さっき塾に遅刻したの、大丈夫だった？　俺はシャトルバスに乗り遅れて、結局バレちゃった。でもさ、公園むちゃくちゃ寒かったなという内容だった。家を遅く出たんじゃなかったのか。公園で一体何をしていたのだろう。チャニが出てきたら訊いてみようと思いながらも、なぜか焦ったギョンファはその友だちにメッセージを送った。

〈さっき楽しかったよね?〉

この程度なら無難に答えを引き出せるだろうと思ったが、既読がついたのに友だちからはしばらく返事がなかった。チャニじゃないと気づいたのだろうか。緊張しているとメッセージが連続して届いた。

〈うんうん〉

〈俺も〉

〈カート〉

〈買わないと〉

どうして子どもたちって、こうやって一文を短く切って送るのだろう? ギョンファは友だちからのメッセージを何度も読み返した。俺もカート買わないと。カート? あっ、カート! カートライダー! 公園に集まってゲームをしていて塾に遅れたのか。ゲームをする時間やスマートフォンの使用は制限していないほうだ。それなのにどうして嘘をついたのだろう。頭を拭きながらバスルームから出てきたチャニに尋ねた。

「どうしてママを騙したの?」

「えっ?」

「ゲームを禁止しているわけではないでしょう。家でやればいいのに、どうしてわざわざ公園にたむろしてやるの、ふらふら遊んでる子たちみたいに? それも塾まで遅刻して」

チャニは顔を真っ赤にして部屋へ走ると携帯電話を確認した。母親が自分のスマホを見るだけでは飽き足らず、友だちにメッセージまで送ったことを知ると、今までに見たことがないほど怒りを爆発させた。泣きながら大声で喚き立てるから、ギョンファは何を言っているのか一言も聞き取れなかった。もうお母さんの塾には行かない、携帯は暗証番号でロックする、とにかく今後お母さんとは一切口を利かないという言葉を、翌日に母親から聞いてはじめて理解した。

チャニは本当にギョンファの塾に行かなくなり、携帯電話をロックし、ギョンファと話さなくなった。目も合わせなかった。おばあちゃんを介してしかコミュニケーションを取らなかった。怒り、なだめ、頼み、泣いてもみたが無駄だった。結局チャニを心から消した。チャニにかんする心配、判断、計画、目標の一切をひとまず忘れることにした。頼まれたことはこなし、欲しいというものは買ってやり、向こうが教えないことは知らないふりをした。代わりにチャニの祖母、つまりギョンファの母親が塾と試験の面倒を見て、友だちを観察し、課題と鞄を確認した。熟練していた。大峙洞のお母さん豚〔非常に教育熱心なママ友グループのボスを指す。母豚が子豚を引き連れて動き回るようすから生まれた造語〕のノウハウは今も健在だ。

学生時代を思い返すと、母の軽自動車の助手席でアルミホイルを少しずつはがしながらキンパを食べた記憶しかない。なんの質問も疑問も持たずに青少年期を過ごした。母が立てた目標のために、母が組んだ計画表のとおりに、母が選んだ先生の授業を受けた。母の判断がどれだけ卓越しているかはギョンファの成績が証明していた。ギョンファのママが作ったグループレッスンや塾のクラスに自分の子どもを入れようと、周囲のママたちは熾烈な競争をくり広げた。

実際の入試でギョンファはしくじった。期待していた大学には進学できなかったが、母は腹を立てたり悔しがったりしなかった。ベストを尽くしたのだから、それでいい、何よりも今の結果だって十分に素晴らしいと言ってくれた。いちばんナーバスな時期のギョンファを競争と試験に追いやった人だが、それでも母と仲良く暮らせているのは、あのときの賞賛と激励のおかげかもしれない。かなり後になってからこの話をする機会があったが、母は相変わらず淡々としていた。

「頑張ったじゃない。小さな子があそこまでやったのだから十分、何をしてもうまくやっていけるだろう、そう思った」

「正直言うと、お母さんって教育ママだったじゃない。がっかりしなかったの？」

「別に。頑張ったよ、私も」

母の答えは後々までギョンファを支える力になった。未経験の塾の仕事をはじめる勇気を得たのも、結婚生活に終止符を打つ決心をしたのも、ふり返ってみれば、あの言葉のおかげだった。ギョンファは自分を信じ、まめでよく気がつく母にチャニの生活を任せていた。

母と一緒に暮らしはじめたことによって、チャニの生活と成績は安定していった。母の誠実さとノウハウは相変わらずだったし、そこに年齢と年輪から来る余裕が加わった。これからの自分の役割は三人家族がなんの心配もなく食べていけるよう、経済的な部分に責任を持つことだと考えたギョンファは、今まで以上に塾の仕事に没頭した。夫のそういう態度が腹立たしくて離婚したのに、チャニと母が眠る深夜にゆっくりと玄関ドアの暗証番号キーを押して家に入るたびに、ギョンファは空しさと侘しさを覚えた。

出勤してエレベーターを待っていると、同じ階の〈リンゴの木　論述学院〉の院長と鉢合わせした。普段の会合には意地でも出席しないくせに、今日は駆け寄ってくるなり見ましたか？と声をかけてきた。

「何をですか？」

「隣に、工事の概要が貼られていましたよ」

「雑居ビルがあったところですか？」

「あそこに認知症の施設が入るそうです。あり得ないでしょう？」

「認知症？　高齢者の、あの認知症ですか？」

ギョンファはその瞬間、ふっと抵抗感が湧き上がるのを感じた。

百雲ビルの隣は昔からある二階建ての雑居ビルだった。色褪せてひびが入った外壁にみすぼらしい出入口、階段と窓枠、トイレのタイル、廊下の照明まで隅から隅まで古びていて、汚くないところがなかった。建物自体の雰囲気が陰気なためか、食堂、カフェ、家具店、紳士服店に家電量販店まで業種に一体性がないためか、利用する人は多くなかった。でも常連客を相手に長いこと商売をしてきた店もあった。

ギョンファは一階のうどん店が好きだった。出勤前にひとり立ち寄って食事を済ませることが多かった。昨冬のある日、いつものうどんとトンカツのセットを頼むと、店長が注文していないフルーツサラダをテーブルに置いた。

「お得意さんには最後にサービスしないと」

「最後？」

「知らなかったんですね？　建物が売却されまして。うちは少し早めに出ていこうかと」

今の建物は取り壊し、最初から建て直すらしいとのことだった。敷地は広いほうだから階数を高くすれば利益がもっと出るのではないか、居住用のオフィステルみたいなのが入居するのかも、あくまでも個人的な意見ですが、と店長は付け加えた。ギョンファも同じようなことを考えていた。どうしてオーナーはこの雑居ビルを放置も同然にしているのか気になっていた。

結局は売ったということか。

数カ月のあいだにテナントが一つずつ出ていき、いちばん広い場所を使っていた一階の家電量販店が最後に退去した。ガラスには白いテープがX字形に貼られた。すぐにフェンスで覆われて工事車両が出入りし、この世の終わりかと思うような轟音とともに建物が崩れ落ちた。百雲ビルの高層階からは窓越しに撤去作業が見渡せたが、四階のギョンファの塾からは見えなかった。

帰るときに工事現場を一周ぐるりと歩いて回った。緑色と赤色の交ったシートのすき間から、まだ完全に片づいていない建物の残骸が見えた。灰色のコンクリートの塊、曲がって絡み合った鉄筋、鋭く裂けた木の板、どこから出てきたのか、もとは何だったのかもわからない、とある時間と空間の欠片たち。ギョンファは自分の回想に若干の欺瞞を感じた。

とにかく古い建物が消え、新しくなるのは悪くなかった。あの不気味な雑居ビルが一つあるだけで、百雲ビルはもちろんソヨン洞全体のレベルが下がると思っていたからだ。もうじきここにはソヨン洞でもっともきれいな洗練されたビルが建つだろう。その一念で騒音と埃を耐え抜いた。でも忍耐の代償はさらに大きな怒りと苦痛だったのだ。


ギョンファはすぐに百雲ビルを出ると工事現場に走った。〈リンゴの木〉の院長が言ったとおり〈一つの愛　老人ホーム＆デイケアセンター〉の工事現場だという案内板が立てられていた。本当に老人ホームがここに建つの？　ギョンファは案内板に書かれた建築課長の番号に電話をかけた。出なかった。もう一度、またもう一度と電話をかけていると、誰かがポンポンと肩を叩いた。

「区庁に電話されているんですか？」

「どちらさまですか？」

「現代マンションの入居者代表です」

現代マンションの住民も今朝はじめて工事の立て札を確認し、入居者会議が緊急招集されたところだそうだ。ギョンファが百雲ビルの学院長だと自己紹介すると、すべすべで血色の良すぎる顔のせいで年齢の見当がつかない入居者代表は、すぐに握手を求めてきた。

「アン・スンボクと申します。こちらもですが、百雲ビルにとっても大問題ですね。一緒に解決していきましょう」

　代表の懸念と応援を聞いたらこれは現実の出来事なのだと実感が湧いてきて、ギョンファの体からがくりと力が抜けた。

　こんなふうにまんまと抜け駆け工事をするなんてと院長たちは憤慨していた。認知症の老人が近所を徘徊して生徒が危険な目に遭いでもしたらどうするのか、いずれにしても車の出入りが多くなるはずだが、この辺りの道路が混雑するのは火を見るよりも明らかだ、救急車がその都度サイレンを鳴らすようでは授業の邪魔になる、ゴミやら悪臭を我慢しろと言うのかと怒りを爆発させた。ギョンファは悪臭の話は行きすぎだと思ったが、ほかはどれも間違っていないと感じた。


　ギョンファは現代マンションの入居者代表と区庁を訪問した。敷地は準居住地区なので老人ホームや保育園のような幼老施設の建設が可能で、現在としては法令違反に当たる部分はまったくないとのことだった。同じ建物にこれまでの入居者がいる場合は、摩擦はないという保証が必要になるが、この場合は新築だし、建物全体を高齢者施設として使用するので該当する事項もなかった。

「建物全体ですか？　地上だけで五階もあるのに、五階全部をですか？」

「はい」

「住民が反対したら？　私たちは容認できませんが」

「ひとまず建築主と話し合ってみてはどうでしょう。関連のお仕事を長いことされていたそうです。生涯の悲願だったとか」

そしてしばらく迷っていたが、こう付け加えた。

「最近いちばん必要なのが高齢者施設です。高齢化の時代じゃないですか」

現代マンションの入居者代表は、高齢化だろうがなんだろうが、住民の同意もなしにこうやって許可をばんばん出すなんてあり得ないと、事務所の真ん中で騒ぎ立てた。とにかく我々は老人ホームみたいなものは認めないから、そのつもりでいろと何度も叫ぶと、ギョンファを引っ張り出すようにして事務所を出た。代表はどんな手段を講じてでも工事の進行を止めなければと言ってからギョンファに尋ねた。

「院長、車は何に乗っていますか？」

「車？　自動車ですか？」

「はい」

「アバンテ〔現代自動車が一九九五年から生産・販売している中型クラスの小型セダン〕です」

「まったく、院長のくせにアバンテですか？　少なくともレクサスくらいは乗らないと。高級車が必要なんだけどな。この際、外車が」

「高級な外車で何をされるつもりですか？」

「工事現場の入口に停めておくんです。ショベルカーが中に入れないように」

ギョンファも百雲ビルの隣に老人ホームが入るのは嫌だ。老人ホームに適当な場所ではないと思っている。建築主の立場になって考えてみても同じだ。信念は結構だが、家や土地の値段が馬鹿にならないソウルのど真ん中で、老人ホームとデイケアセンターを運営するのは割に合わないのではないだろうか。だからって工事現場の入口をふさぐとか、ゴミをばらまくとか、作業員と取っ組み合いをするつもりはない。ニュースで何度も見た。老人や子ども、障害者施設を忌み嫌う利己的な住民たち。ギョンファはそういう人間にはなりたくなかった。頭が痛かった。

現代マンションの入居者会議と百雲学院連合会は合同で対策委員会を設立し、まず工事現場の入口をふさいだ。高級車に乗っている人がこの町にこんなにいたとは、本当に外車で道をふさぐのかと、ギョンファは今さらながら驚いていた。これから建築主と面談し、本当に設計と建築の過程に問題がないか監理事務所に検討を依頼し、区庁に仲裁も頼まなくてはならなかった。怒りと不安の会議が終わる頃、いきなり〈リンゴの木〉院長が、自分の息子は地上波の記者だと言った。

「話が通じない？　それなら直ちにニュース番組を使って非難するつもりですから、ご心配なく」

すると皆も、周囲のマスコミ、法曹界、公務員を持ち出した。段階なんていいから今すぐ拡散させましょう！　インタビューは私がやります！　ギョンファは困惑した。地上波のニュースで現状が報道されたら、道をふさぐ外車が映ったら、うちのマンションの隣は絶対にダメだというインタビューが流れたら……世論は果たして味方するだろうか。

ギョンファは判断がつかなくなった。興奮した声を黙って聞きながら自分に問うた。それで、今の私にとって大事なものは何？　私の望みは何？　まず塾が無事であること。経営がうまくいくこと。〈正しい英語・数学学院〉には一家三人の生計がかかっている。食べていくことを最優先に決めた。堪えよう。どんな思いでここまで来たと思っているの。


帰りに家の前のコンビニに寄って、四缶で一万ウォンのビールを買った。レジ袋をもらわないようにしようと、鞄に大きな缶を四つ無理やり押しこんだ。凸凹して冷たい鞄を抱き寄せると心臓が凍りつきそうだった。

ドアのロックが解除される音を聞いたチャニが部屋から出てきた。ギョンファは他人の家に間違えて入ったかのように及び腰になり、リビングに入ることもできず玄関に立っていた。

「どうしてこんなに遅いの？　お酒飲んできたんですか？」

あの子は今や、息子じゃなくてご主人さまだね。普段は部屋のドアに鍵をかけ、人が来ても挨拶一つしないのに。ギョンファはゆっくりと靴を脱ぎ、一歩ずつリビングに向かいながら答えた。

「ううん。会議があって」

チャニはギョンファの膨らんだ鞄を不審そうに覗きこんでから、出し抜けにお母さんと呼んだ。ギョンファの心臓が早鐘を打ちはじめた。お母さんって言葉を本当に久しぶりに聞いた。

この世にたったひとりの息子、チャニのママであること以外のすべてを諦めさせた息子、息が詰まるほど、お母さん、お母さん、お母さんと一日中探していた息子。一時期のチャニとギョンファはお互いの自負心だった。ギョンファは昔の恋人に遭遇した人のように、ぎこちなく震える声で訊き返した。

「うん、何?」

「おばあちゃんがちょっと変なの、気づいてました?」

「おばあちゃんが?」

「おばあちゃんに、もっと関心を持ってください。お母さんのお母さんなのに」

あんたこそ自分の母親にもっと関心を持ちな。その言葉は口の中でぐるぐる回るだけだった。顔が強張るのをなんとか堪えようとすると唇が歪んだ。

「おばあちゃんのどこが変なの?」

「何かに気を取られているみたいなんです。僕がずっとゲームしているときみたいに」

わかっていたのか。いや、ようやく気づいたのか。

「わかった。明日、おばあちゃんと話してみるから」

「お母さん」

ギョンファの心臓がまたドキッとした。

「何?」

「おばあちゃん、本当に、すごくおかしいから」

「うん、わかった。あんまり心配しないで」

「ちょっとは心配してよ、お母さん。家族のこと、少しは心配してくださいってば」

これ以上ないほど冷たい顔つきで言うと、チャニは部屋に入ってしまった。かちゃり。ドアノブの鍵を押す音が引き金を引く音に聞こえた。ギョンファは鞄から缶ビールを一つ取り出すとソファにもたれて座った。肩に鞄を掛けたまま、手も洗わずにその場で一缶飲み干した。


翌朝、寝坊したギョンファが起きると、チャニは学校に行った後だった。母が作った干し鱈のスープをずるずると器ごと飲むと、ようやくチャニに頼まれたことを思い出した。

「お母さんは朝ごはん食べたの？」

「ん？」

「朝ごはんは食べたのかって。チャニと食べたの？」

「朝ごはん」

母はまるで〈朝ごはん〉という単語をはじめて聞く人のように、ぼうっとした顔でギョンファの言葉を真似した。チャニの言った意味がわかった気がした。本当にチャニがゲームに没頭しているときと同じ顔つきだった。

「お母さん、最近何かあったの？　チャニが心配してたけど」

「何もあるわけないでしょ。何もないって。何もないよ、私は」

何もないという言葉をくり返す母の目はなぜか虚ろだった。考えてみると最近ああいう目をしていることが多かった。老いたんだな、また何か物忘れしたのかなと大して気にも留めてこなかった。数日前には冷蔵庫の野菜入れから水のたまったビニール袋が出てきたりもした。ギョンファはもうろくしたのかと冗談交じりに責めた。母はそのときも虚ろな目で、そうかもねと答えた。ようやく不安を感じたギョンファは、母を気の毒に思った。

「私、朝ごはん食べたらダウンコートを買いにいくつもりなの。お母さんのも一つ買おう」

「それはありがたいね」

「顔は洗った？　早く顔洗って、着替えて。一緒に出かけよう」

「適当に買ってきて」

「そんなこと言わないで行こうよ。試着して気に入ったのを選ぼう」

母はガスレンジを拭いていた布巾をシンク台に投げると、バスルームに向かった。ところが一向に水音が聞こえてこない。ギョンファは母を呼ぼうとしたが思いとどまり、忍び足でそっとバスルームに歩いていった。右手に歯ブラシを持った母はじっと鏡を見ていた。歯ブラシには歯磨き粉がついていなかった。チャニに呼ばれた瞬間よりもドキドキしながら、お母さんと声をかけた。鏡の中の母と目が合った。

「歯磨きしないで、何をしてるの？」

「何を？」

「えっ？」

「これって、どうするものだっけ？」

ギョンファは涙が出そうになるのを辛うじて堪えた。

ギョンファは約束していた建築主との面談にも区庁訪問にも参加できなかった。その時間に母を認知症安心センターへ連れていき、スクリーニングテストを受けた。認知の低下が判明し、センターを通して連携する病院の予約ができた。

母が食べたり、シャワーを浴びたり、眠るとき、いや日常のあらゆる瞬間、つまりは立ち、座り、歩き、服に袖を通し、ズボンを引き上げ、便器に座る瞬間も、ギョンファは気を緩めることができなかった。

一緒に朝ごはんを食べ終えた母はバスルームに行き、ギョンファが食器を洗っていたときのことだった。水の音と泡の感触に集中していたが、ふとふり向くとバスルームのドアは相変わらず閉まったままだった。急に恐怖に襲われた。バスルームに走るとドアをがんがん叩いた。お母さん！　お母さん！　泡でバスルームのドアとギョンファの顔がぐちゃぐちゃになった頃、どこからか母の声が聞こえてきた。

「ギョンファ」

母がびっくりした顔でリビングのドアの前に立っていた。バスルームのドアノブをつかんで押すと難なく開いた。中には誰もおらず、電気は消えていた。ギョンファはその場にへたり込んでしまった。母は近づくとギョンファの肩をそっと撫でた。

「お母さんはまだ大丈夫。ひとりで気を揉まないで」

人の心配よりも自分の健康管理をちゃんとしてよ、喉まで出かかった言葉をぐっと飲みこんだ。

「私も大丈夫。大丈夫だから」

ずっとほったらかしていた家事をふたたび一手に引き受け、チャニの勉強や塾のスケジュール、おやつの世話もした。そこに塾の授業まで加わると時間の感覚がなくなり、腰や骨盤、腕、脚、指の関節一つ一つが粉々になりそうだった。それでも母さえ大丈夫なら、何事もなければ耐えられると思った。精密検査の予約日が丸で囲まれたカレンダーを見るたびに、後悔が押し寄せて切なくなった。

弟に連絡するべきだろうか。たったひとりの弟は声も思い出せなかった。ケンカをしたわけでも不仲なわけでもないのに、年齢を重ね、それぞれ家庭を持つ中で自然とそうなっていった。名節〔伝統的な休日。旧暦の一月一日のソルラルと旧暦の八月十五日のチュソクが二大名節と言われている〕や母の誕生日のときに日にちを決めるメッセージをやり取りする程度だ。今からわざわざ心配させてどうなると思いつつも、いきなり事後報告で結果だけ伝えたら動揺するのではないかとも思った。

出勤しながら弟に電話をかけた。ここ数日のあいだに母と自分に起こった出来事を順序立てて説明し、明日が検査の日だけど病院に来るかと尋ねた。弟はしばし無言だったが訊き返した。

「つまり、母さんが認知症らしいってこと？」

「正確なことは精密検査をしてみないとわからないけど、スクリーニングテストの点数が低めなのは確か。それでも最近は薬で進行を遅らせることもできるし、センターでの授業もかなり役に立つだろう。認知症って言っても十分に管理できるから、あまり不安にならないでくれって」

「誰が言ったの？」

「保健所の認知症センターの先生が」

「姉ちゃん」

「いきなりでびっくりしたよね？　私も最初はすごく驚いた。お母さんに申し訳ないとも思ったし」

「そうじゃなくて……。母さんがこれまで姉ちゃんの生活やら、チャニの面倒やらを一手に引き受けてくれていたこと、忘れるなよ」

ギョンファの足がぴたりと止まった。どういう意味かと問いたかったが言葉がすんなり出てこなかった。本当は弟の言葉の真意ならわかっていた。間違っていない。可哀そうなお母さん。子どもを育て上げ、今度は孫育てがはじまり、娘の家の家事までこなすために休む間もなかったお母さん。自分の人生を生きることも叶わなかったお母さん。そのうちに世話が必要になったお母さん。

「こっちでやるから。お母さんのことは、私が責任を持つ。でも知っておく必要はあるでしょ。あんたもお母さんの息子なんだから」

受話器の向こうはしんとしていた。かなり経ってから弟が言った。

「誰も何も言ってないだろ。明日は時間が取れないんだ。前もって言ってくれないと」

「私も慌ただしかったから。わかった。病院に行ってから、また電話する」

電話を切るや、今度は〈リンゴの木〉院長から電話がかかってきた。

「会長、今どちらですか？　ずいぶんと長電話でしたね、まったく。大騒ぎですよ！　早く現場に来てください。急いで！」

「現場ですか？」

「現場、工事現場ですよ！　ところで今どこ？　近く？　すぐに来てください！」

答える前に電話は切れた。もうじき授業がはじまる時間だった。でも対策委員会の仕事に気を配れていないのは事実だった。ギョンファは百雲ビルに入るところだったが、方向を変えると工事現場のほうに走り出した。


赤と青の蛍光灯の光がくるくる回っていた。まさかパトカーが来てるの？　工事現場の入口は相変わらず外車でふさがれ、その後ろには進入を試みてストップしたらしいショベルカーとトラックが、どっちつかずに停車していた。人が多かった。現代マンションの住民や百雲ビルの学院長といった見慣れた顔、作業員や通行人といった見慣れない顔、そして警察官の姿も見えた。もう少し近づくと現代マンションの入居者代表が警察官に肩をつかまれたまま、興奮して拳を振り上げている姿が目に入った。どきっとした。怖くなった。ギョンファが背を向けて逃げようとすると、荒々しい手つきで誰かが手首をつかんだ。

「遅かったじゃないですか！」

〈レモン英語学院〉院長のミッキー・ハンだった。ミッキー・ハンは一団をかき分けると、ギョンファを工事現場の中へと連れていった。テレビ局のロゴがついた大きなカメラ一台がせっせと動き回り、ハンディカメラや携帯電話で撮影している人も多く、ただの野次馬なのか、記者なのか、建築主なのか、区庁の人間なのか区別がつかなかった。

「話のわかる人間だと思っていたら、えっ？　こんなやり方で不意打ちか！　おい？」

現代マンションの入居者代表は相変わらず興奮状態だった。

「ずっと工事なんてしてなかったくせに、いきなり作業員とショベルカーを呼んだと思ったら、住民に反対されている風を装ってニュースに流すだと？　こんなの詐欺だ、詐欺！　俺らには記者の知り合いがいないとでも思っているのか？」

そして警察官の手を振り払うと野次馬に向かって飛びかかった。皆が、わあと悲鳴をあげて後退した。後ずさりしながらぶつかり、転び、踏み踏まれ、代表は物ともせずにさらに暴れ、警察官に後ろから羽交い絞めにされた。

「こらこら、代表！　ここは鉄筋にレンガにガラスもあるんだから、転んだりしたら一大事ですよ！」

テレビ局のカメラは修羅場を縫うようにして、相変わらずあらゆる場面を記録していた。腕組みして立っていた若い男性が一歩、二歩と進み出た。

「すみませんが、とりあえず落ち着いてください。こちらは結論ありきで取材しているわけではありません。揉めていると聞いたので調査しようとしているんです。それぞれの立場が少しずつ異なるようですが、我々は両方の話を同じように聞きますから」

ギョンファが低い声でミッキー・ハンに訊いた。誰ですか？　ミッキー・ハンはひそひそと答えた。記者です。ギョンファは記者の提案を妥当だと思ったが代表は違うようだった。

「笑わせるな。お前は裁判官か、この野郎」

そしてまたしても記者に飛びつき、今度は二人の警察官に両側から腕をつかまれた。そのとき〈リンゴの木〉院長が前に出た。

「こうしましょう！　私がお話しします。私にインタビューしてください」

自分の考えを恥ずかしいとか間違っているとは思っていないが、子どもに教える立場の人間なので、顔はモザイク処理してほしいと丁重に要請した。そして老人を嫌悪しているわけでもないし、うちの近所だけはダメだという自己中心的な考えからでもないとインタビューをはじめた。彼は、隣の百雲ビルは塾が密集している建物だという点を強調した。小さな生徒たちの生活圏に老人の施設は合わない、安全面からも望ましくないと主張した。

「私も還暦を過ぎました。老人です。その老人の目から見ても、これは違うだろうと思います」

記者は〈リンゴの木〉院長の目を見てうなずき、手帳に時々メモをしながら耳を傾けていた。そして周囲を見回すと言った。

「もうおひとりだけ、お話を聞かせてくださるとありがたいのですが。現代マンションの住民か、百雲ビルで働いている方の中で」

先生に指されるのではないかと緊張する生徒のように、全員が視線を避けた。ギョンファも同じだった。授業はどうなっただろう、あのまま塾に行っておけばよかった、最初から会長なんて官職を引き受けるべきじゃなかったと後悔していた。

「うちの会長がいいんじゃないですか！」

またしてもミッキー・ハンだ。ギョンファの肩をぐいぐい突いてきた。上半身が前のめりになったが両足で踏ん張った。力いっぱい踏みこたえたが、ほかの院長たちや現代マンションの各棟の代表たちまでが近寄ってきて、突き、押し出し、触り、文字どおり背中を押された。いや、私は、インタビューは、ちょっと、違うんじゃないかな、そんな言葉をつぶやいてみたが、誰も相手にしてくれなかった。

記者が顔出しはオッケーかと訊いてきた。ギョンファは両手をぶんぶん振りながら、いえ、いえ、いえと三回答えた。記者がカメラマンにふり返り、カメラは足に向けて音声だけ録ってくれと言った。何かが間違っている、逃げなくてはと思っているのに、体が縛られでもしたかのように動かなかった。右の目尻がかすかに痙攣した。

「では、はじめますね。私の質問にあまりこだわりすぎずに、気楽に思ったことを話せばいいですから」

ギョンファはインタビューを心から嫌だと思っているのに、唾をごくりと飲んで舌で唇を湿らせた。記者が質問した。

「ここに老人ホームが建てられるということですが？」

「そうらしいですね」

「どうお考えですか？」

「うーん……私はいいと思います」

「えっ？」

「老人ホームができたらいいと思います。早く、完成したらいいですね」

ギョンファはチャニに電話しなきゃと考えていた。ここ数日はチャニに電話をかけては、今どこなの、塾は終わったの、終わったらまっすぐ帰っておばあちゃんの面倒を見てあげてと、しょっちゅうくり返していた。これまではずっと母にチャニのことを頼んでいたのに、今はチャニに母のことを任せている。息子にも母親にも責任の持てない人生。自分がとても軽くて無力な人間に思えてきて耐えられなかった。

塾を諦めることはできない。チャニのことも、自分自身のことも諦められない。母を、老い、疲弊して記憶が薄れつつある母のことを諦めるのも無理だ。ソヨン洞に、自分の塾がある百雲ビルの隣に、早く老人ホームが建ってくれないと。何がなんでも必要なのだ。

「まさに、この場所に、デイケアセンターと老人ホームが、早く、できるだけ早く、建設されることを望みます！」

ギョンファは単語一つ一つに力を込めて、もう一度言った。

院長、会長、今なんとおっしゃったのですか？　という声に背を向け、ギョンファは修羅場を逃げるように後にした。今度もミッキー・ハンがどこからか現れると手首をぎゅっとつかんで引き留めた。

「会長！」

「なんですか？」

「どちらへ？」

「授業に行かないと！」

ギョンファが力いっぱい手を振りほどいて背を向けようとするとミッキー・ハンが叫んだ。

「自分はこいつらとは違うんだってふりはやめてください。カメラの回っていないところでは、みんなと同じ意見だったくせに」

カメラが回っているからではなく、単に私の事情が変わったのです。当時も今も何も考えていないし、そういう自分が情けなく、じれったく、恥ずかしい。恥ずかしいです。今さら恥ずかしいと言うのも恥ずかしい。結局ギョンファは何も答えられなかった。

現場を立ち去るときに引っ掻かれたのか、右腕から赤黒い血がぽたぽたと落ちた。慌てていたから痛みにも気づかなかった。とりあえず傷口を左手で覆ったが、指のすき間から血が漏れてきた。行き交う人が驚いたような目でギョンファを避けた。血は汚いものでも危険なものでも事故や不運がうつるものでもない。私は、ただ少し怪我をしただけです。負傷者なんです。手助けと癒しが必要なの！　ギョンファは悔しく、恨めしく、悲しかった。そして、そんな自分の厚かましさが恥ずかしかった。

教養あるソウル市民、ヒジン

〈上の家、またはじまった〉

〈頭おかしくなりそう〉

〈お母さん！〉

〈お母さん〉

〈お母さん〉

〈お母さん〉

〈なんで返事くれないの？〉

ユンスルが立て続けにメッセージを送ってきた。ヒジンは事務所の机に置いてある携帯電話を、ただじっと見つめていた。ポップアップ通知に表示されている内容だけでもユンスルの状態が予想できた。ママが管理事務所に電話してみるから、週末に行って話してみるから、もう少しだけ我慢してという返信では、もう落ち着かせることはできなかった。ヒジンだって泣きたかった。正直に言うと腹も立っていた。会社にいる私にどうしろって言うの？　それにどうして私にばっかり言ってくるの？　なんでパパには何も言わないの？　言葉を熱いコーヒーと一緒にごくりと飲みこんだ。喉を火傷した。

携帯電話は静かになり、仕事は追いこみで、ヒジンはユンスルの訴えをしばらく忘れていた。

会議の時間になったので資料ファイルを整理していると、ユンスルから電話がかかってきた。泣いていた。

「下の階がスピーカーつけた。目が回る」

「じゃあ、読書室に行ってなさい」

「まだオンライン授業が一時間残ってる」

「学校に言えばいいから。読書室に行って、二時になったら塾の自習室に移動しなさい。ママが院長先生に話しておいたから」

家族は必死に家から逃げていた。ヒジンのすべて、四十四年の人生の集大成、四人の安らぎの場所、ソヨン洞東亜マンション第一期、一一五棟一一〇二号が、こんなにおぞましい悪夢の空間になるとは思ってもみなかった。

上の家に住む下の子は、幼稚園を終えて帰宅する午後三時から眠りにつく夜の十二時まで、休む間もなく走り回った。コロナのせいで休園が多かったのか、朝からの日もしょっちゅうだった。つらいけど我慢した。問題は下の家からの激しい抗議だった。走り回っているのは十二階で、うるさいのはこちらも同じだとヒジンの家族は言ったが、十階の男は信じてくれなかった。いつでも上がってきてはベルを鳴らし、ドアを叩き、大声で喚いた。

どれほど苦労してここまで来たと思っているのだ。私たちにとってどれだけ大切な家か知りもしないくせに。考えると腹が立ってきて、ヒジンはいつの間にか拳を握りしめていた。

＊

新婚時代の家はチョンセの保証金がたった七千万ウォンの多世帯住宅〔一つの建物に複数世帯が住めるよう住居空間が分離されている、マンションより小規模な集合住宅〕だった。それさえも三千万はローンで賄った。二年の契約期間の最後まで住めた家は一軒もなかった。地域が再開発されるから、大家の息子が結婚するから、投機目的ではなく自分が直接住むという買い手に家を売ったから、そのたびに家を出なくてはならない立場だった。夫は居座ろうと言った。雀の涙ほどの引っ越し代や慰労金を受け取らずに無視すればいいのだ、契約書に期間は明記されているのだから出ていく必要はないと。ヒジンは引っ越すほうを選んだ。どうせ永遠に住めるわけでもないのに、あと数カ月、あと数日と我慢したからって何も変わらないし、お互いに気分を害するだけだと。

引っ越しをくり返すあいだに家具も家電もずいぶん傷んだ。何よりもコーナーラックが使えなくなったことには、いつまでも未練が残った。木工を学んだ後輩が新婚時代の家のリビングコーナーにぴったり合うよう作ってくれた棚だった。上には写真立てと花瓶を載せ、引き出しにはガラクタなども入れておけて大切に使っていた。でも引っ越すうちに置き場所に困るようになり、屋上の倉庫で保管していたら一面カビだらけになってしまった。

東亜マンション第一期に引っ越してきた年にユンスルが生まれた。ユンスルを育てたのは大きな団地の中のマンションだった。赤ちゃんの頃は隣の棟のシッターに預け、二歳からは前の棟の一階に住む保育ママの家で過ごし、四歳からは管理棟の一階にある幼稚園に通った。団地内の小学校に進学させればいいと思っていた矢先、大家からチョンセ契約の満了を告げられた。保証金の額を上げて新しい貸借人と契約しようとしているらしかった。ヒジンは市価に見合う額まで保証金を上げると言ったが、どういう理由からか大家は家を明け渡してくれの一点張りだった。その日、夫婦は深夜まで酒を飲んだ。

「家を買おうか？」

ヒジンが訊いた。

「どこにそんな金があるの？」

「ローンを組めばいいでしょう。みんなそうやって買ったって。借金も資産って言葉、知らないの？　借テク」

「借金は借金だよ。なんで資産になるの？」

「今だってチョンセのローンを組んでるんだから。自分は借金して住んだことないみたいな口ぶりだけど？」

「桁が違うだろう？　借金が億単位になるって考えてみなよ。息がつまりそう。自信ないな」

自信のない夫に内緒で近所の不動産会社を回り、売り急ぎ物件が出たら連絡してほしいと電話番号を残し、銀行のローンを調べ、退職金の中途精算がいくらになるか確かめておいた。同じ団地の二十五坪対応を購入しようと心を決めた。夫の言うとおり、億単位の借金が必要だった。それでもローンを組んで持ち家にするほうが、さまざまな面でマシだという確信があった。家の値段が上がって資産が膨らむことを期待しているのではなかった。どうせ自分たちが住むための家なのだから、住んでいるあいだは価格が上がっても下がっても意味がなかった。ただ心安らかにユンスルを育てたかった。予測可能な生活をしたかった。

帰りが遅くなったある日、団地の商店街の前を通ると、一階に入っている不動産会社の中で東亜不動産だけ灯りがついていた。ガラス戸の向こうに見える女社長はなぜか信頼できそうに思えた。電話番号だけ残して帰るつもりで入ったのに、社長はインスタントコーヒーの入った紙コップを差し出すと、ヒジンにソファを勧めた。

「売り急ぎ物件じゃなく、住みやすい家を探したらどうですか。直接住むんじゃないの？」

「そうです」

「ここ数年はあまり価格の変動がなくて。大幅な値上がりも値下がりも。戦争でも起きないかぎり、ずっと同じような感じで行くんじゃないかな？　こういうときは売り急ぎ物件もあんまり出てこなくて。だから住んでいて満足できる家を探してみるのはどう？　十五階くらいに日当たりの良い中部屋の家を」

もっともな意見だった。ヒジンは同意の意味でうなずきながら訊き返した。

「そういう家、ありますか？」

「一〇三棟の一四〇二号。一〇三棟は南向きでしょう。それに十四階だから視界を遮るものがない。開けていて、日当たりも良くて、中部屋だから温かいし。三億二千万ウォンで出ているけど、私がうまく話してみるから。買います？」

「三億以下なら買えます」

「売り手にもプライドがあるから。そこまで安くはしないと思う。私が三億から三億一千万のあいだまで下げたら買います？　いま確約してくれれば、私も責任をもって値段交渉してくるから」

　今この場で？　すぐに？　答えろ？　話にならないシチュエーションだと思いながらも返事をしていた。

「はい、買います」

　ヒジンはソヨン洞東亜マンション第一期の一〇三棟一四〇二号を、三億八百万ウォンで購入した。契約金の入金後にはじめて話すと、夫は怖いもの知らずだと呆れて首を振った。


　リビングにはクローゼットを、キッチンにはシンク台とつなげてアイランドカウンターを設置した。室外機の配管の穴をふさぎ、反対側にスタンドタイプのエアコンを置いた。リビングの壁の一面を本棚で埋め、壁紙とシンク台とドア、モールディング、サッシはすべてホワイトトーンで統一した。こんなふうに暮らしたかった。好みに合うように、私たち家族に合うように、家にぴったり合うように。黄緑色のシンク台も、木目調のドアも、チェリーカラーのモールディングも、ぴかぴかしているアルミニウムのサッシも嫌だった。美感や興味がないから何もせずに暮らしていたわけではない。

　ヒジンはベランダで多肉植物を育て、ユンスルは自分の部屋のドアに家族写真を貼った。夫は週末になるとフレンチトーストの朝食を用意した。レシピを検索してワタリガニのチゲも作ったし、パスタを作ったりクッキーを焼いたりした。そんなときはいつも鼻歌でクリスマスキャロルを口ずさんだ。夫は料理が嫌いだったわけではなく、古びて散らかっているキッチンが嫌いだったのだと言った。

幸せだった。一四〇二号で暮らすあいだに高齢出産も経験した。そうやって四年のときが過ぎ、二人目もできると家が手狭になってきた。ヒジンは三十四坪にしておけばよかったと後悔したが、この四年のあいだに二十五坪も三十四坪も相場は一億ほど上がっていた。あれこれ面倒な手続きに細々とした出費が必要なのは今回も同じだが、最初から三十四坪を買っていたとしても、二十五坪から住み替えるにしても大差ない状況だった。カレンダーと通帳を広げ、計算機を叩きながら必死に不動産サイトを検索するヒジンに、夫は口ごもりながらありがとうと言った。

「全部ヒジンのおかげだよ。あのとき買っていなかったら、広い家に移ることもできなかった。これからは何があっても、ヒジンの言うことだけを聞くようにする。言われたとおりにするから」

ヒジンはそんなことない、慎重で誠実なあなたが好きだ、家族の成果は全員のものだ、そんな心にもない台詞は言いたくなかった。

「そうね。あなたは私をおんぶして歩かないと。いつも感謝を忘れずに死ぬまで尽くしてね。わかった？」

夫はあっさりとうなずいた。

四年前に一四〇二号室の契約書にサインしたときは、引っ越しまで不安で夜も眠れなかった。契約金と内金を送金するたびに手がぶるぶる震えた。書類上の売り手が詐欺師だったり、二重、三重契約がされていて、引っ越し当日に別の購入者と鉢合わせしたりする想像をした。東亜不動産の社長は、問題ないようにきちんと確認済みだからと、途中で登記簿謄本を照会してもう一度送ってくれたし、不動産会社が共有している売買資料も見せてくれてヒジンを安心させた。

ヒジンは今回も東亜不動産を訪れた。社長はうなずくと住み替えのときが来たねと言った。

「あのときのあの選択がどれほど優れていたか、直にわかると思いますよ。私が言い値で売ってみせますから」

そして余裕資金、引っ越し可能なスケジュール、希望の構造、好きな方角と階、インテリア工事が可能かどうかなど細かく質問していたが、新しい家も心配ないからと言った。

「私ね、この仕事にものすごくプライドがあるの」

「えっ?」

「不動産のイメージって、正直言うとあれでしょ。何も考えていない大家を煽ってチョンセを上げさせ、とりあえず契約を成功させなきゃと買い叩き、何もしていないくせに手数料をがっぽり持っていく、まあそんな感じでしょ?」

「私は違いますけど」

ヒジンはほとんど何も考えていなかった。働き、子どもを育て、食べていくのに忙しくて、他人の労働や信念まで気にしている暇はなかった。

「そうね。興味なさそうに見える。でも私はね、家ってすごく大事だと思っている人間なの。私たちって一日中、どれだけ外で苦しい思いしているかわかる？　濡れた新聞紙みたいになってへろへろで帰ったとき、ああ、生き返ったって気持ちになれなきゃと思わない？　そこが大きかろうが小さかろうが。持ち家だろうが借家だろうが関係なく。私は、お客さんにそういう家を見つけてもらいたいの」

ヒジンはうなずいた。そうだったのか。素晴らしい態度だ。つまらない話ではなく、実際にそういうマインドで働いているように見えた。でもね、社長。私は借家より持ち家がいいですし、小さい家より大きい家がいいです。家の値段が上がるのをゆったりと眺めながら、あのとき無理して買ってよかった、あのとき買ってなかったら広い家には移れなかっただろう、そんな気分を味わうのも悪くないです。私がこういうことを言うと、俗物だのハゲタカだのって思われるでしょうね？　だから黙っていることにします。考えることはやめられないけど口にチャックならできますから。これが教養ある現代人でしょう。

「高く売って、安く買ってくださいね。お願いします」

「心配しないで。私だけを信じて待っていてください。あちこちつつき回って噂を広めたり、苦労したりする必要はないからね。私がちょうどいい家を見つけてあげる」

東亜不動産の社長はロイヤル棟のロイヤル階だと触れ回り、一四〇二号を最高値で売ってくれた。そして今回も日当たりのいい南向き、十五階の中部屋を見つけてくれた。一貫性がある人だ。ヒジンはまたしても社長に感嘆した。しかも今度の家は二年ほど前に全面リフォームをしていて手を入れる箇所もなかった。故障していたトイレの照明だけ修理した。ヒジンは三億八百万で買った二十五坪の一四〇二号を、四年後に四億五千万で売り、三十四坪の一五〇三号を五億五千万で買った。これまで必死に返済してきたローンは半分まで減っていた。

キッチンからマルがだだだだっと走ってきて、ソファにもたれているユンスルの足を踏んだ。そしてよろよろとバランスを崩したと思ったら、ユンスルに寄りかかるようにして転んでしまった。ユンスルがけらけら笑いながら言った。

「カン・マル、この子犬ちゃん、仔馬ちゃん〔マルには馬という意味もある〕！」

ヒジンは姉弟の関係に慣れるまで時間がかかった。ユンスルはマルが少しぐずっただけでも、痛い、重い、怪我したとイライラした。弟や妹をいじめる子なんてどこにでもいるし、下の子が生まれるとトイレを失敗したり、ひとりで眠れなくなったりと赤ちゃん返りをする子も多いらしい。それでもユンスルは女の子だし、齢も離れているから大丈夫だろうと思っていた。だから余計にがっかりしたし腹も立った。

二歳にしかならない弟のどこが重いの、お姉ちゃんなんだから少しは我慢してと、ヒジンはユンスルを叱ってばかりいた。子どもなのに、どうしてあんなに繊細で神経質なのだろう、一体何が問題なのだろうとイライラした。新居の整理を終えて、ようやく気がついた。一四〇二号はユンスルにとって自分だけの空間だったのだ。棚にはユンスルの成長を記録した写真立てがずらっと置かれ、本棚にはユンスルの本が並び、冷蔵庫にはユンスルの学校の給食献立表と学校からのお知らせが貼られ、飾り棚はユンスルが作った工作でいっぱいだった。

マルが生まれて変わった。リビングにマルのオムツやローション、下着などを入れた大きなバスケットが転がりはじめた。マルのおもちゃ入れができ、ユンスルの写真立てのあいだにマルの写真立てが置かれ、本棚のいちばん下の段はマルの本が並んだ。ユンスルがマルの写真をすべて伏せてしまったことがあった。もとに戻しなさいと言っても大声をあげて最後まで言うことを聞かなかった。あまりに泣き叫んで興奮するから、ヒジンのほうがうんざりしてしまったほどだった。

一五〇三号に引っ越したとき、いちばん小さな部屋はマルのスペースにした。マルのものはマルの部屋に、ユンスルのものはユンスルの部屋に、夫婦のものはできるだけ夫婦の部屋に収納し、リビングとキッチンは共用の空間にしつらえた。ヒジンはこれ以上、子どもたちの家に居候しているような気分を味わいたくなかった。そうやって家を整理して、ようやくユンスルも同じ気持ちだったのだろうと気がついた。マルが生まれ、マルのもので家が埋め尽くされていくのを目にして混乱しなかっただろうか。奪われたような気分になりはしなかっただろうか。飛び跳ね、ふざけ、自分にぶつかってくるマルに余裕をもって接し、気にしなくなったのは、家と空間が新たに定義づけされたからかもしれなかった。

ヒジンも新居が気に入った。幸せだった。一四〇二号に住んでいたときより、少なくとも九坪分は幸せの量が増えた。そしてすぐにソウルのマンション価格が蠢き出した。

「ヒジンの言うことを聞いておいて本当によかった。最初に家を買ったときも、住みかえたときも」

　夫はちょくちょく不動産サイトに入っては相場と実勢価格を確かめていた。最高値が更新されるたび、にこにこしていた。どうせ現金化はできないんだから値上がりしたってなんの意味もないのに、何がそんなにうれしいのかとヒジンは訊いた。

「とりあえず気分がいいじゃないか。それにほかの地域に引っ越したり、もっと広い家に引っ越したりするとき、俺たちの家の値段も平均上昇幅くらいは上がってないと？　それでこそ今回と同じように、無難に住み替えられるんだから」

　いつかソヨン洞を、いま住んでいる団地を去る可能性もある。家で仕事をする時間が多い自分のために、もう一部屋あったらと思ったこともあった。そうか。今の家も最後とは限らない。そうならないようにするべきだ。

　このときからヒジンの目に、家はとても優れた資産増殖の手段として映るようになった。だからといって賃貸ビジネスをするとか、売値と買値の差額を狙って不動産を売り買いするといった積極的な投資は不可能だった。余裕資金がなかった。家族の全財産が一五〇三号に潜在していた。

　ヒジンは通勤の地下鉄でさまざまな不動産と財テクサイトをのぞき、夜になるとケーブルテレビの不動産チャンネルをつけたまま眠った。再開発地域の住宅や建て替えが間近そうな築数十年のマンションを調べたりもした。でも複雑で不安定な投資先に資金をつぎ込むわけにはいかなかった。結局は団地内にあるチョンセで賃貸中の四十二坪を買っておくことにした。東亜不動産を訪ねると社長がにやりと笑った。

「お宅、なかなかやるね？」

一五〇三号を買い取って六カ月、ヒジンは東亜不動産の社長の仲介で六億のチョンセを引き継ぎ、八億で四十二坪も購入した。そのために追加で二億のローンを組んだが、なんとも思わなかった。

二年後にチョンセの賃借人に退去してもらい、ヒジン一家が入居することになったとき、四十二坪の市価は十一億になっていた。ヒジンは一五〇三号を九億五千万で売った。チョンセの保証金を賃借人に返金し、ローンを返してもかなりの金額が手元に残った。これまでのローンの利子分を除いても大幅な利益になった。市価十一億のマンションに、現金のプラスアルファ。

一五〇三号の売却契約書に印鑑をいくつも押して出てくると、夫は九億、きゅーおく、きゅーーーおくとふざけた。ヒジンも浮かれて言った。

「もう少し待っていれば、本当に十億まで行ったかも」

「月給取りが十億貯める、そんな感じの財テクコミュニティサイトがインターネットになかった？」

「今もある」

「以前はあり得ない金額だと思っていたけど。夢みたいな、非現実的な」

「運が良かったよね」

「いや、ヒジンが賢いからだ。うちの嫁さん、最高だ。ほんとに」

夫の称賛を聞いたヒジンは、逆に妙な気分になった。格別な、熱烈な、切ない恋愛をしたわけではないが、とにかく愛し合って結婚した。夫の価値観や生活習慣を尊重しようと努力し、娘と息子を育て、会社にも誠実に勤めている。この程度ならなかなかの人物、なかなかの暮らし、そして良き妻ではないだろうかと自負してきた。ところが夫にとっては資産管理がうまいから、不動産投資がうまいから、最終的には十億を生み出したから最高の妻なのだろうか。

その日はヒジンの給料日でもあった。夕方、通帳に記された金額を見たら、なんだか気が抜けた。会社員になって二十年。毎月の給料が入るたびに一カ月ずっと大変な思いをして、ぶざまな日々を耐え抜いた対価だな、それでもまたこうして一カ月食べていけるなと思ったものだった。ラッキーで、恨めしくて、ありがたくて、さもしいお金。労働と才能と時間に対する補償。飯の種。命綱。でも、その日は自分の月給がとてもつまらないものに感じられた。

＊

梯子車の荷台がうぃーんと大気を揺らした。大きなリビングの窓から二番目の荷物である夫婦のベッドフレームが搬入された。最初の荷物の炊飯器〔主食の米を炊く炊飯器は家でもっとも大切な荷物とされ、引っ越しの際は最初に新居へ入れる習慣がある〕は吉日に運びこんでおいた。作業員がヒジンに尋ねた。

「ベッドのヘッドはどの方向にしますか？」

ヒジンは感極まりながら答えた。

「窓側にしてください」

以前の引っ越しとは異なる感情だった。最後の家になりそうだったからだ。一四〇二号と一五〇三号を購入したときが一息つく程度だったとするると、今回は決勝戦に到達したような安定感があった。それも予想よりかなり早く、同年代よりもだいぶ先に着いたという満足感と達成感。

ベッドに机、本棚、テレビ、冷蔵庫、洗濯機といった大きな荷物は、ほぼ家の中に納まった。布団や服、本、台所用品を収納していると、見慣れない男が開けっぱなしの玄関からにゅっと入ってきた。頭をこくりこくりとさせていたが、挨拶しているというよりも癖のように見えた。

「どちらさまですか？」

「引っ越してこられた方？」

「はい」

「下の家の者です」

「あぁ、こんにちは」

「うちの団地は住みやすいですよ。スーパーも近いし」

「そうですね。以前は一〇八棟に住んでいました」

「じゃあ、よくご存じですね」

そして男は後ろ手を組み、うろうろと家の中を見て回った。こちらに了解を得ることもなく、恐縮するような素振りもなかった。ヒジンは若いのに物怖じしないなという印象を持った。そのときは単に性格の良い、好奇心旺盛な近所の人としか思わなかった。

時間を作って家の整理をすることはしなかった。もう新居だ、自分たちの家だと浮かれることも、さっさと片づけを終わらせなくてはと焦ることもなかった。生活しながら片付ければいい、今までだって生活しているうちに片付いていたのだからと、気楽な気持ちで不精しながら日常を過ごした。そんな感じでまだ家が乱雑なときにユンスルが友だちを連れてきた。ヒジンは出勤していたが、電話で訊いてきたので許可することにした。

マルの保育園はコロナ禍も緊急保育をしていたが、ユンスルは学校にも塾にも通えずにいた。寝坊できると喜んでいたのも一時だった。用意していった昼食に手も付けていない日もあった。どうしてお昼を食べなかったのかと尋ねると、いきなり憂鬱なのだという答えが返ってきた。

憂鬱な十三歳がちょっと友だちを連れてきたいと言っているのに、ダメだとは答えにくかった。遅くまで遊ばないように、ガスレンジは使わないようにとだけ言った。ユンスルはろくに聞きもせずにうん、うんと答えると、さっさと電話を切ってしまった。ヒジンも仕事が多くて、そのまま忘れていた。残業してマルが眠ってから帰宅した。遅すぎる夕食の代わりにシリアルを食べていると、夫が前に座った。そして閉まっているユンスルの部屋のドアをちらっと見ると、低い声で言った。

「下の家のおじさんが来たって。うるさいって」

「うるさい？」

「うん」

「マルならともかく、ユンスルが飛び跳ねるはずがないと思うけど？」

「俺もそう思うんだけど、とりあえず静かに歩くように言っといた」

「それがいいね。気をつけるに越したことはないし。うるさいのは、この上の家なのに。上の家の子って何歳かな？　ものすごく飛び跳ねるよね」

「だから不安なんだ。上の家も、下の家も」

上の家の騒音が下の家に伝わったというのが夫の推測だった。ヒジンもたまに聞いていた話だ。夜になると上の家から、どん、どん、どんと床に叩きつけるような音がするのを我慢に我慢を重ね、注意しようと上がってみたら空き家だったという怪談。後からわかったのだが上の上の家に住む住人が飛び跳ねる音だったという、手抜き工事の実態を告発する、いっそう恐ろしい都市怪談。

夜通し頭のてっぺんをとんとんとんと踏まれている気分だが、それでも小さな足の裏を憎みたくはなかった。ヒジンにも子どもが二人いるし、二人の足音を寛大な気持ちで我慢してくれた近隣住民のおかげで、姉弟は無事に大きくなれたのだとわかっている。下の家は考え方が異なるようだった。ヒジンの家を通過した騒音、それも真昼の騒音に、直ちに抗議してくる家だったとは。騒々しい上の家と敏感な下の家のあいだに挟まれてしまった。ヒジンも心が落ち着かなかった。

翌朝に出勤の準備をしていると、ユンスルがのそのそと起き出してリビングに来た。昨日、下の家のおじさんが来たのかと訊くと、もうパパに怒られたからと口を尖らせた。

「ドアを開けたの？　これからは開けたらダメ」

「ドアをがんがん叩いても？」

「そう。反応しないこと。いないふりして、ママにそっとメッセージを送ればいいから」

「わかった」

「宅配、警備室、管理室、下の家、上の家、誰だろうと一緒。ママもパパもいないときは誰が来ても開けないこと。わかった？」

「うん」

ヒジンは今さらながらユンスルをひとりで留守番させることが怖かった。誰にもついていったらダメ、誰が来てもドアを開けたらダメ、知らない人と話したらダメ、知らない人の手助けをしたらダメ、名前を教えたらダメ、家を教えたらダメ、家族の電話番号や玄関の暗証番号を言ったらダメ、散々言って聞かせた。きちんと教えこんだと思っていたのに、あんな不用心な顔でドアを開けたのかと思うと緊張で体がこわばった。

昼間、まさにユンスルからメッセージが届いた。

「下の家が来た」

「いるのはわかってるって言ってるけど？」

ヒジンは答えたらダメだと返信した。不安で仕事が手につかなかった。半休を取ってマルの保育園にも寄らずにあたふたと帰宅すると、ドアの開く音を聞きつけたのか、下の家の男が上がってきた。インターホン画面に映る無表情な男の顔に、ヒジンの心臓は破裂しそうなほどドキドキしていた。警備室に連絡しようか。警察を呼ぼうか。私でもこんなに怖いのに、ユンスルはどれほどの恐怖を味わったのだろうか。

ヒジンが玄関のドアを開けた瞬間、男がドアをぐいっと引っ張った。

「昼間は子どもたちしかいないみたいですね？　走り回りすぎ。うるさすぎます。家で仕事しているので、あ、コロナ禍でリモートワークをしているわけじゃなくて、家に作業室があるんです。とにかく、ちょっと静かにしてくださいよ。ほんとにひどすぎる。しかも、うちの妻、妊娠初期なので」

「昼間は誰もいません。たぶんお隣か、上の家の音だと思います」

「私がその程度の区別もつかない人間だって言うんですか？　この家からの音で間違いありません。言い訳しないでください。次は本当に我慢しませんから」

男は言いたいことだけ言うと階段を下りていった。その後ろ姿を見送るヒジンの手がぶるぶる震えた。

何度かエレベーターで下の家の人に会ったことがある。子どもやペットは見たことがなく、お年寄りと同居しているようでもなかった。新婚夫婦なのか。二人で、しかもあんなに若い人が、こんな広い家に住んでいるんだろうか？　たまに平日の昼間に見かけることもあったから、会社員ではないのかと内心気になっていた。本当に夫婦なんだ。旦那さんの作業室が家にあるのか。そうだとしても二人で住むには広すぎるのは確かだ。小さな家具一つすらも好きな位置に置けなかった、自分たちの新婚時代の借家を思い出していた。

下の家の男が押しかけてくる頻度が徐々に増えていった。家でひとり、彼の怒りをそのまま受け止めているユンスルの苛立ちや憂鬱も頂点に達した。ヒジンは娘が憐れで、不安で、保護しようとしたが簡単ではなかった。中学校に学童はないし、実家に送ろうにも、学校も塾も週に一度ずつ対面授業があるから家を離れるわけにいかなかった。地元の図書館は閉館していたし、読書室ではオンライン授業をリアルタイムで受けることができなかった。

頼れる大人が傍にいたら少しは良くなるだろうか。ヒジンは休職するか真剣に悩んだ。マルがまだ五歳なので育児休暇を取ることはできた。だがヒジンは部長で、チーム長で、プロジェクトの責任者だった。休職ではなく退職になりそうだった。おかしくなりそうな心境でユンスルをなだめ、申し訳なく思い、警備室や管理室に助けを求め、たまに遠方に住む実家の母を呼んだりもしたが、根本的な解決方法ではなかった。家も仕事もめちゃくちゃだった。

ヒジンは上の家にも頼んだ。自分も子どもが二人いるから理解はできるが、下の家はそうでもないらしいので走り回らないでほしい、警備室を介して何度も申し入れたが効果はなく、結局は自分で会いに行った。上の家の母親は申し訳ないとロールケーキやクッキー、果物をたまに持ってきたが、そのあいだも子どもはどすどすと走り回っていた。

短い会話から、ヒジンは上の家にかんするいくつかの情報を得た。小学生のお姉ちゃんと幼稚園児の弟の姉弟がいるが、走り回っているのは下の子で、そうでなくとも散漫なので遊戯療法を受けているということ。夫婦は職場結婚だが、出産を機に母親だけ退職したということ。父親は忙しすぎて家にほとんどいないということ。母親はドライフルーツやヨーグルトを手作りし、チキンも家で揚げたものを食べさせているということ。お姉ちゃんが卒園したバイリンガル幼稚園に弟も通っているということ。うちのヘレンが、うちのケイが、と習慣のように英語名で呼ぶ姿を見ながら、子どもは勉強にストレスを感じているのではないかとヒジンは一瞬思ったが口にはしなかった。下の家に状況を説明してもらえないかと、それとなく尋ねてみた。お宅の騒音が下の家に伝わっているようだが、中間の我が家にはなすすべがないと。上の家の母親は、この世でもっとも卑屈で好意的な表情のまま落ち着いた口調で言った。

「それが、うちの音かどうかはわからないですよね。ここから聞こえてくるという騒音も、全部がうちのものとは限らないでしょう。おっしゃるように、上の上の家やお隣、下の家の騒音も聞こえてくるんですから」

ヒジンは墓穴を掘ったなと思った。にこやかな顔で一線を引き、自分の主張もすべて言える彼女がうらやましく、その恐ろしさにぞくりとしたりもした。

土曜日の昼でマルは昼寝をしていた。ユンスルは部屋でYouTubeを見ていて、ヒジンと夫がテレビをつけたまま洗濯物を畳んでいると、男がまたインターホンを立て続けに鳴らした。腹に据えかねた夫が走り出ると大声をあげた。寝ていたマルが目覚めて泣き出し、警備員が上がってきて、前の家も顔を出し、男の妻もやってきた。ヒジンはひとまず妊婦を守らなくてはと思った。

「ストレスは良くないですよ。妊娠されている方は、とりあえず家にお戻りください」

「妊娠ですって?」

女は軽蔑の眼差しで男に向かってふり返ると言った。

「そんな嘘をついたの?」

女は、これまで自分の夫がインターホンを鳴らしたのは二、三度、直接の抗議は今日がはじめてだと思っていた。足音がするにはする。ひどい騒音ではないが、夜遅くまで音がするから不快だし、ナーバスになっているのも事実だ。だが夫の対応もやりすぎている部分があると思うし、特に自分について嘘をついたことは非常に不愉快だと言った。そして速い足取りで階段を下りていってしまった。男もウリだったかユリだったか、女の名前を呼びながら後を追った。

騒動はこうして宙ぶらりんのまま幕を下ろした。

夫が家に入るときにぶつぶつ言った。

「あの女、謝るどころか怒ってたな。まるで自分が被害者みたいに?」

「被害者でしょう。夫に虚偽の事実を広められた被害者。それにあの人は何も間違ったことしてないんだから、謝罪する必要もないんじゃない?」

「それでも夫婦は一心同体なんだから」

「何をくだらないこと言ってるの」

下の家からの抗議は明らかに減った。ところがユンスルが床からわんわんと響く音や、引っ掻くような耳障りな音が聞こえてくると言い出した。下の家のおじさんがスピーカーを設置して、わざと騒音を響かせているのだと確信しているようだったが、証拠もないのにいい加減なことは言えなかった。実際にヒジンの耳には何も聞こえなかった。ユンスルが週末や夕方は静かで、月曜日、火曜日、木曜日の午前中はいつも聞こえると言うので、月曜日に半休を取ったこともあった。やっぱり何も聞こえなかった。ユンスルはその日だけ鳴らなかったのだと猛反発して悔しがった。ヒジンも悔しかった。

ユンスルは小さな物音にも必要以上に荒々しく反応するようになった。家族の誰も聞いていないのに音がしたと言い張ることもあったし、どこかからドリルの音がすると泣き出したりした。マルがリビングで跳ねたり、おもちゃを落としたり、ドアを閉めたりすると、静かにしなさいと怒鳴った。耳の穴がただれるほど耳栓を押しこんだ。ヒジンは騒音が遮断される高価な無線イヤホンを買ってやり、オンライン授業が聞けるスタディカフェのセミナールームを決済してやり、塾の授業も増やしてやったが限界があった。ユンスルは手の施しようがないほど神経質になっていった。

夫婦が早い時間に就寝したある晩、ユンスルは上の家がうるさすぎて眠れないと寝室にやってきて泣いた。夫はパジャマ姿のまま外に出ていって戻ってくると、ちゃんと話してきたから、上の家の子が寝ようと部屋に入るところまで見届けてきたからと言ったが、すべて嘘だった。実は上の家はずっと静かだったのだが、夫の嘘でユンスルはひとまず落ち着いた。

夫が昼飯でも一緒に食べようとヒジンの会社の前までやってきた。まだ恋人同士だったときに時折訪れていた、昔からある豆もやしクッパの店に向かった。味が変わらないね、店長さんもそのままだね、値段は千ウォンだけ上がったねと言葉を交わした。お店と料理の話しかしなかった。食べ終えて同じ建物に入るフランチャイズのコーヒー専門店に行った。夫はアイスアメリカーノ、ヒジンはホットのアメリカーノを前に向かい合って座った。そうだ、私たちってこんなに違う人間だったんだな。今日は目新しい事実が多いなとヒジンは思った。

夫が先に口を開いた。

「最近の俺は不幸だ」

ヒジンの心臓はどすんと床まで落ちた。急に手が冷たくなってきて両手でマグカップを包みこむと、夫が続けた。

「正確に言うと、あの家に引っ越してから、ずっとずっと不幸になっていってる」

夫の言う意味はわかる。ヒジンもそうだった。でも気軽に同意することも慰めることもできなかった。追及されているような気分だった。黙って熱いコーヒーだけをふーふー吹きながら飲むと、テーブルを片付けて言った。出よう。

家族って、夫婦ってこういうものなのか。一から十まで説明しなくても何を言っているのか、言いたいのか、完全に理解すること。だから非難や攻撃の言葉が一切なくても、滅多切りにされたような気分になること。すごく痛かった。ヒジンは午後のあいだずっと胃がむかむかし、仕事が手につかなかった。モニターを見ていたら涙がぽとりと落ちもした。ずっと悲しく、その分仕事が片付かなくて残業した。

ヒジンはベランダの窓の前に立ち、道の向こうの商店街をぼんやりと眺めた。灯りのついた看板が目に入ってきた。ユンスルが去年まで通っていた数学の塾、マルが通っているお絵かき教室、会社帰りに運動していたフィットネスクラブ、週末になるとご飯を食べにいっていた定食屋、帰り道に時々テイクアウトするキンパ屋、ユンスルに携帯電話を買ってあげた代理店……。東亜マンションで暮らしてきた十四年の記憶が脳裏をかすめた。以前よりも快適に、幸せになり続けていた。家の大きさと暮らしの質は比例していた。必死に生きてきたし、努力した分だけ対価も得られていると信じていた。決勝戦に到達したのに、すべてが崩壊した。

どこにでもある騒音トラブルでしかない。つらくはあるが、この程度の困難や苦しみはいつだって存在した。どうしても解決できないときは引っ越したら済む話だった。それなのに、そんなふうに単純には受け止められなかった。人生を丸ごと否定されたという思いに囚われていた。

夫と娘、そして息子はそれぞれのベッドで眠りについている。夫は首を支えてくれるいびき防止枕を使っても、リビングにまで響きわたるほど騒々しくいびきをかき、息子は布団を蹴飛ばし、ひっきりなしに寝返りを打っていた。娘はぎゅっとうずくまった姿勢で壁に張りついて寝る。平和だ。でも朝になって上の家の子が走り回り、下の家の男がその音を聞けば、この静寂と平和も終わるのだろう。娘は苦しみ、息子は顔色をうかがい、夫はヒジンの判断と選択のせいで不幸になったと思うのだろう。

ヒジンは首をひねった。私は一体何を間違えたのだろう？　誠実に働き、質素に暮らし、賢明に世事を学んでいった見返りがこれだとは。涙が出た。この世はあまりに非合理的で不公平なところだ。残忍なところだ。何よりもつらいのは、この苦しい思いをどこにも訴えられないという現実だ。考えることはやめられないけど、口にチャックならできる。ヒジンは教養ある現代人だから。

家族は一一五棟一一〇二号から離れられなかった。ねぐらを移るというのは迅速に決定し、速やかに実行できるような行為ではない。こうして騒々しい上の家と敏感な下の家に挟まれて病んでいくあいだも家の値段は上がり続けた。引っ越して一年で市価は十五億になった。ヒジンは家が好きでもあり嫌いでもあった。この家を手に入れてラッキーでもあり不幸でもあった。幸せでもあり憂鬱でもあった。

不思議の国のエリー

講師室で院長がコーヒーを飲んでいた。アヨンは塾の電子レンジでトーストを温めるのが少しきまり悪く、お昼は食べましたかと尋ねた。院長は家で済ませてきたと言い、アヨン先生がまだならデリバリー頼みましょうかと尋ねた。

「いいえ、私はトーストを持ってきたので。でも誰もいないと思っていたので一つしかなくて」

「あ、私はたくさん食べてきたので。気にしないで召し上がれ」

カプセルコーヒーを淹れ、トーストを電子レンジで二十秒温めた。院長は出ていくだろうと思ったのに、何か話があるのか、動くのが面倒なのか、こちらをじっと見ながら座ったままだった。コーヒーとトーストを手に、院長の向かいに座った。保存容器の中身を見た院長は目を丸くして尋ねた。

「作ってきたんですか？　買ったんじゃなく？」

「はい。これは元カレトーストです」

「元カレ？　アヨン先生に対して、まだ未練があるみたいね？」

「いえいえ。私の元カレじゃなくて、このメニューの名前が元カレトーストなんです」

インターネットで有名になったもので、作ってもらった味が忘れられない誰かさんが元カレに連絡して、レシピだけ訊いたのだというビハインドストーリーを説明した。

「たかがトーストの作り方のために、別れた恋人に連絡したってこと？」

「その価値はあると思います。本当においしいですよ。最近は一日三食、こればっかり食べています」

冗談だと思ったのか院長は笑った。本当にその週は元カレトーストばかり食べていた。昔からハマると飽きるまで続ける性格だ。音楽も一曲をリピート再生し、映画やドラマも一度観たものを何度も視聴し、食事も一種類だけを食べ続け、飽きたら二度と口にしない。最近は元カレトーストにハマってクリームチーズを二つも買った。情熱的にレシピを説明したが院長は興味を示さず、アヨンを不思議そうに見つめるばかりだった。

「ところで今日は早いのね」

「はい、いつもは午前中のアルバイトが終わると歩いてくるのですが、今日は循環バスに乗ったので」

「コンビニ、ここから近いの？」

「歩いて四十分くらいです。運動にもなるので歩くようにしています」

「四十分？　とにかくアヨン先生の生活って楽しそう。若さがうらやましい」

「若い？　私、もう三十過ぎてますよ」

「三十なんて子どもでしょ。なんでもできる年齢じゃない」

院長は可愛いと言いたげな表情でアヨンをじっと見た。嘆かわしいとか世間知らずだと考えているようには見えなかったが、本気でうらやましいと思っているようにも見えなかった。

予定調和の人生を生きる中年、子を持つ母、学院長。無礼だとか空気を読まないタイプではないが、塾の先生たちは院長を煙たがっていたし、正直に言うと好いてもいない。どこの塾にも院長のことが好きな講師なんていないだろうけど。

アヨンは院長が嫌いではなかった。何かにつけて、私はおばさん、あなたたちは若者と一線を引くのが少し疑問ではあった。院長は十四歳上だ。もっと年上の先生や地元のカフェにいる銀髪のオーナーとも友だちのように付き合い、塾の小学生たちとも楽しく過ごしているアヨンは、院長のそういう区分けに馴染めなかった。十歳ちょっとの年齢差なんてどうってことないのに。その部分を除けば窮屈なところなんて一つもない人だった。むしろ謙遜しているようでいて自信に満ちた姿には好感が持てた。

院長は必要なものはないかと尋ねてから出ていった。アヨンは休憩室が別にあればいいのにと思うが、厳密には講師でもない自分が節約のためにもっとも頻繁に講師室を利用しているのが引っかかり、口には出さなかった。

試験用紙を持って自習室に入った。アヨンは月曜日から木曜日まで一日に三時間ずつ、百雲ビルの〈正しい英語・数学学院〉で働いている。幼少等部の英単語の試験を担当し、採点して不合格だった子に再試験を受けさせる仕事だ。月末ごとの評価テストの採点も行う。四年制大学への編入を準備するあいだのアルバイトとしてはじめた。編入には失敗し、この仕事は塾を転々としながら続けて十年目になる。性格が几帳面で、何しろ子どもたちと仲が良いからか、わざわざ探さなくても仕事は途絶えることなく入ってきた。

本音を言うと単語テストではなく正規授業を担当したい。でもいくら履歴書を送っても連絡は来なかった。韓国には英語の得意な人が多すぎる。英語圏の国の大学や語学院の修了証や卒業証書、学位を持つ人で溢れている。首都圏の短大の英語科という卒業証書を掲げられる場はどこにもなかった。担任になったら使う英語のニックネームも決めてあるのに。アリーじゃなくてエリー。特別な意味はない。AじゃなくてE、Ellieですと言ってみたい。

勉強はできなかったが英語は好きだった。自分の成績で入れる京畿道《キョンギド》の短大への進学を決め、家族の反対を押し切って地方から上京し、自分で生計を立てるようになった。保証金のいらない古い下宿の二人部屋を近くの四年制大学に通う女性とシェアした。彼女もソウルの大学でもないのに、どうしてもそこまでする必要があるのかという家族の非難、引き留め、嫌味を背に家出同然で進学したと言っていた。

そうやって死に物狂いで入学した短大だったが、カリキュラムにも、教授にも、同級生にも満足できなかった。誰もがここを離れたがっていて、それはアヨンも同じだった。今を疎かにして漠然とした未来ばかりを夢見ていた。編入は入学したときから考えていた。四年制の英文科に入り、海外の語学研修にも行き、通翻訳大学院に通う自分を想像しながら講義を受け、当座に必要な授業料や生活費も稼いだ。

サボることも怠けることもなく必死に生きてきた。卒業する頃には保証金三百万ウォンの屋根部屋と、ルームメイトが通う大学への編入合格証を手にしていた。編入はしなかった。もっといい大学に行きたかった。よくやった、お疲れさまと言ってくれる人もいなかった。母は今すぐ引き払って戻ってきなさいと怒鳴り、父は母を説得してあげるから、ローンが組めるように助けてくれと言った。娘の名義で借金、延滞、借金、延滞、借金、延滞の無限ループ状態をくり返した父は、アヨンが家で大暴れするまで借金を返そうとしなかった。父に返済する力が残っていたことがもっとショックだった。その日から家族とは縁を切った。

　最近のアヨンは早朝から昼まではコンビニでアルバイト、午後は週に四日は〈正しい英語・数学学院〉、一日は猫専門のペットホテルで働いている。週末も近くの小さな博物館にあるカフェテリアでアルバイトだ。なりゆきでまともな職場に一度も勤めたこともないまま、あっという間に三十歳を過ぎてしまったが、これまで頑張ってこなかったわけではない。自分でも不思議だと思うほど生活はかつかつになっていった。授業が減ったわけでも無駄遣いをしているわけでもないのに、通帳の残高だけが痩せ細っていった。今までと同じ額の保証金と家賃で住める家は、どんどんみすぼらしくなっていった。

　最初に考試院《コシウォン》〔必要最低限の設備からなる宿泊施設。本来は試験の受験生が勉強に集中するための部屋だった〕で暮らしはじめたときは地に落ちた気分だった。ほとんどの人間関係を手放し、編入を事実上諦めた。仕事を探すつもりもなかった。ずっとアルバイトしていたカフェのオーナーは、若者が計画も目標もなしに残りの長い人生をどうやって生きるつもりなのだと真剣にアドバイスしてくれたが、アヨンはむしろ計画も目標もないから、その瞬間を生き残ることができたのだと思っていた。結局カフェのアルバイトは辞めた。

毎日が楽しくて満足していた。でもそういう時間が積もっていくと不安になる。毎晩布団に入ると今日も悪くなかったと思うが、年末になるとなんの成果も出せずにまた一年が過ぎたと悔しくなるのだ。もうアルバイトはやめにして、どんな仕事でもいいからフルタイムの職場を探すときが来たようだ。どんな仕事でも。本当にどんな仕事でも。正規の授業を受け持てたらいいのに。契約職でもいいから採用されたらいいのに。

敷地内をゆっくり歩いた。塾の仕事を終えると、散歩がてら現代マンションを横切って家路につく。マンションを建てるときって、緑化面積を一定の比率で確保する規定があるんだっけ。とにかくマンションは本当に素敵だ。どうして灰色の建物がぎっしりそびえ立つ、寒々とした空間だと言われるのか理解できない。定期的に外壁を塗り直すのか、いつも小綺麗で洗練された建物同士のすき間には木や花も茂っているし、猫だってこんなにたくさんいるのに。

現代マンションには人口の川が一年中ちょろちょろと流れる小さなビオトープもある。アヨンはベンチに腰掛け、しばらくマスクを下ろしたままでいた。ソウルの夕暮れの空気は妙な匂いがする。肉が焦げる匂い。タンパク質が燃える、少し香ばしいようでもあり、ほろ苦いようでもあり、煙たいようでもある匂いがぼんやりと漂う。はじめは近所に焼肉屋があるのかと思っていた。でも焼肉屋特有の少し甘めのタレや炭、酔っぱらいの匂いがしなかった。至るところで似た匂いに遭遇した。アルバイトを終えて出た高層ビルの前で、バス停で、家に歩いて帰る途中の路地で。それがソウルの匂いなのだと知ってからは好きにもなった。

道の向こうにアヨンが暮らす住宅街が見えた。大通りに麵料理の店、精肉店とそこが経営する焼肉屋、タッカルビ屋、海鮮チヂミ屋……。それぞれの派手な看板を見ていたアヨンはにやりと笑った。そういえば、あのどこにでもあるフランチャイズの食堂が一軒もないね。どうせ、もうじき撤去される地域だからかな。

アヨンは住宅街の入口にある多世帯住宅に住んでいる。廊下を挟んで両脇にそれぞれ独立した玄関が並ぶワンルームタイプの建物ではなく、古い家屋をひとり暮らし向けの広さに区切って改造した住宅だ。部屋とリビングのあいだ、部屋と部屋のあいだに間仕切り壁を入れ、バスルームを作り、玄関を外に出し、たくさん賃貸しできるように修繕したのだ。前の居住者が置いていった二人掛けのソファ、テーブル、ベッドに、アヨンが持ってきた机を入れても余裕があるほどの広さ、大きな窓の向こうでは街灯のオレンジ色の光がこぼれ、台所件リビングには引き戸もあり、実際は二部屋も同然の造りだった。保証金も必要なく、この家賃で住める、しかもこれほど快適な家をソウルで探すのは不可能だとよくわかっていた。

再開発事業が進行中の地域だからだった。施工会社も決まり、すぐに一般分譲がはじまると聞いた。ずっと住んでいた賃借人が補償金をもらって立ち退いたところに、契約期間も空欄、保証金の額も書かれていない契約書にサインして入居した。退去通告されたら居住の延長や補償は絶対に要求しない、一週間以内に退去するという条項にもう一度拇印を押した。ソヨン洞住まいでない大家と、短期の賃貸を専門に扱っているという不動産会社の社長は、再開発のスケジュールというのは飴のように伸びるのが当たり前だから、短くとも一年は住めるはずだと言った。

服に食べ物の匂いがつくのもうんざり、陽が一日中当たらない部屋にも飽き飽きしていた。隣室のあくびの音、おならの音まで丸聞こえの生活に疲れていたし、腕を伸ばすと前も壁、横も壁、後ろもまた壁が手に触れるのも息苦しかった。賃貸住宅〔政府や住宅基金を利用して低所得者への賃貸向けに建設した住宅〕への入居やチョンセ保証金の融資なども調べてみたが、アヨンにはそれすらも資格がなかった。当座の金も担保になる未来もなく、信用格付けもめちゃくちゃだった。

そういうわけで、このとんでもない家に住むことになった。退去を迫られたら出ていけばいいんだしと思った。どうせ家族も荷物もないし、考試院だろうが、スーパー銭湯だろうが、しばらくならひとり住める場所くらいあるだろうと。もちろん住んでいるあいだは快適だったし、幸せだったし、後悔だってしていない。おそらく、この先のアヨンはこんなに広くて独立したキッチンがあり、絵のような窓がついている家には永遠に住めないはずだ。

でも、この家での時間も残りわずかのようだ。路地の入口の電柱に掲げられた横断幕は新しくなるたびに得意顔ではためき、一軒、また一軒と空き家が増えていく。

冷凍庫に保存してある食パンを取り出した。シャワーを浴びて片づけるあいだに溶けたら元カレトーストを作るつもりだった。シャワー中はずっと鼻歌を歌っていた。ネットフリックスでジブリ映画の配信が続々とはじまり、毎日一本ずつ見ている。ノートパソコンの電源を入れて観たい映画を選び、パンを焼くあいだにコーヒーを淹れ、映画を観ながら食べるのが最近の夕方のルーティーンだ。

『千と千尋の神隠し』に決めた。中学生のときに友だちと映画館で鑑賞したが面白かったという記憶しかなく、内容はよく思い出せない。もう二十年も前の映画だ。また観ようと思ったら、あのときのように心がときめいた。

友だちとネットフリックスのIDを共有している。近況を尋ねようと電話をしたら料金を折半する気はないかと訊かれた。今も連絡を取り続けているたったひとりの高校の同級生だが、アヨンが帰省しないので会えなくなって一年以上になる。料金の半額を毎月送るついでに電話で話すのが交流のすべてだ。それでも最近はこのネットフリックスの友だちが、いちばんの仲良しのように思える。彼女が観た映画を視聴し、彼女が観ているドラマを遅れて一気見し、彼女が途中で観るのをやめた番組に首をかしげていると、彼女の心も、感情も、悩みもわかったような気になってくる。向こうはアヨンの視聴リストを見ながら、どんなことを考えているのだろう。

ソファに寝そべるようにもたれて鑑賞しているうちに眠りに落ちた。映画のシーンが夢とつながった。トンネルの向こうの廃墟と化したテーマパークを夜通しさまよいながら泣いたのか、明け方に目を覚ますと目尻に涙の乾いた白い跡が残っていた。

猫のホテルに出勤すると、まず各部屋を回って状態を確認した。出勤は週に一度だが、たまにホテルのブログに載っている写真を見たりウェブカメラの映像もチェックしているので、客室についてはすべて把握している。

　共用スペースをまず掃除し、各部屋のトイレを片付け、目立つ埃と毛を掃き出してから水の器をいっぱいにした。ピョルの部屋とトクべ、トクマンの部屋のドアを細く開けると、三匹が慣れたようすで共用スペースに出てきた。ピョルは中央のキャットタワーのハンモックに寝そべり、トクべとトクマンはアヨンの周囲をぐるぐる回った。おもちゃかおやつ、何かをねだっているようすだった。ピョルは飼い主の入院で半月以上もホテル生活を続けており、トクべとトクマンもどんな事情があるのか二カ月以上ここにいる。三匹の古顔と羽根のおもちゃで二十分ほど遊び、まだホテルに慣れていない猫の部屋を順番に観察しながらおもちゃとおやつでリラックスさせた。最後のナンの部屋には少し長く留まった。

　こんなに空室が多いのははじめてだと聞いた。コロナ禍で旅行も出張も研修もすべてがストップし、皆が静止している雰囲気だからだ。代わりに捨て猫を保護したが一時的に預かれないかという問い合わせが多くなった。アヨンは腹を立てたが社長は淡々としていた。

　ホテルは色々な猫が共同生活をする場所なので、伝染病などの恐れから保護猫は受けつけていない。その原則を破り、はじめて臨時保護することを決めた猫がナンだ。三歳になる雌のコリアンショートヘアーのサビ猫で、こう言ってはなんだが、これまで見た中でもっともブサイクな猫だった。だがどれだけ可愛がられていたのか毛並みはつやつやで目やにもなく、足の爪もすべて整えられていたそうだ。怖がりではあるが、人間に対して攻撃的でもなかった。そして社長だけに抱っこされることを許した。社長の懐でごろごろ喉を鳴らして眠るナンの頭を撫でながら、アヨンは冗談交じりに言った。

「誰がボスだかわかってるんでしょ。こんなに賢い子をどうして捨てたんですかね？」

「亡くなったんですって。ナンのお姉ちゃん」

言葉を失った。ひとり言のようにどうしてと問うと、社長が鼻をすすってから答えた。

「自殺だって」

二十八歳、昼間は小さな建築事務所で働き、夜は公務員試験の準備をしていたそうだ。会社の経営状態が悪化して給料もまともにもらえてなかったとか、解雇されたとか。一度もそんなことなかったのに今年に入ってから家賃の支払いが滞り、冷蔵庫には半分残った焼酎の瓶とサイダーの缶が一つしかなかったのに、ナンの餌とおやつはたっぷりあったらしい。ナンの名前と年齢、予防接種の有無に好きな餌の種類、おやつ、おもちゃを書いた手紙だけが残されていた。最後まで責任を持てなくてごめん、健康な新しい飼い主と巡り会えるようにしてやってほしい。そこまで言うと社長は涙を拭った。

「一週間後にドアを破って入ったら、窓辺に座ったナンがまじまじとこっちを見ていたんだって。水の器はカラカラに乾いていて、餌の器はいっぱいのまま。何も食べず、眠らず、そこで何を考えていたのかな」

この小さな体温を支えに生きようとあがいた飼い主の姿が、身近な人のようにありありと頭に描き出された。知っている。ナンの飼い主みたいな人。誠実で、愛情深く、善良な人。たくましく、てくてくと歩いていく人。他人の目にはちっぽけで惨めに見えるかもしれないが、自分の世界をきちんきちんと作り上げていく人。小さな喜びを知り、大きな悲しみにも大胆に立ち向かう人。少しだけ、ほんの少しだけ、ひとりで立てる分だけのチャンスが与えられ、応援してもらえれば、つつましやかに幸せに生きていける人。最後まで誰にも迷惑をかけない人。

ひとり寂しかっただろうねと社長は言った。ひとりだと寂しいのだろうか？　悲しいのだろうか？　不幸なのだろうか？　よくわからない。アヨンは家族と暮らしていたときも、友だちがたくさんいたときも、同僚たちと忙しく過ごしていたときも、熱烈な恋愛をしていたときも、しょっちゅう寂しくて、悲しくて、不幸だった。ひとりだからじゃなくて、ただ世界がぱさついているだけだ。ナンの飼い主もそんなふうに思えたらよかったのに。

アヨンは不意に恐怖を感じた。ナンの飼い主が過去の自分のように思えてきたのだ。計画も、目標も、未来もあるのに、今、今のこの部分が存在しなかった日々。誠実に、必死に生きた日々。

考えこんでいるアヨンに社長が訊いた。

「ナンを飼う気はない？」

「えっ？」

「猫、飼いたいんでしょ？」

「飼いたい気持ちはあるんですけど、ナンに申し訳なくて無理です。家もないし、お金もないし、毎日忙しいし」

ナンが新たな家族を見つけるのは簡単ではないだろう。可愛くもないし、子猫でもないし、人によっては忌まわしいと思うような事情もあるから。ナンの頭を撫でた。ナンは毎回知らんふりして目をつむっているが、手が触れる前から耳を横に寝かせている。キミのこと、どうしたらいいのかな。

夕方、予約時間より一時間遅れてポテトが到着した。広告から飛び出してきたような血統書付きの猫だった。飼い主は出張に行くそうだ。ただでさえ長期なのに、自宅待機も含めると三カ月は離ればなれだと心配が尽きないようだった。キャリーバッグの中に手を入れてポテトを撫でながら何度も頼みこんでいた。

「ポテト、お姉ちゃんのこと忘れたらダメだよ！」

航空機の運航が中断し、外国からの入国が禁止されている国も多いというのに海外出張とは。アヨンはポテトの飼い主がどんな仕事をしているのか気になったが、尋ねることはしなかった。以前はこれといった意図もなく、親しくない人にもあれこれ質問をしていたが、何か目的があるのではと誤解されることが度々あった。

「家にひとりぽつんといるより良いと思いますよ。ここで私たちと遊びながら人間と触れ合い続けていれば、飼い主さまがお戻りになったときも、それほどぎこちなくないかもしれません」

アヨンが言うと、ポテトの飼い主はうーんと少し困った顔でひとり言を言った。

「ひとりではないのですが……」

「はい？」

「夫が家にいます。でもポテトが若い男性をひどく怖がるので」

「そうですね。たまにそういう猫もいます」

同意するように答えたが、アヨンはこの人なんなのだろうと思っていた。高級な血統書付きの猫を飼っていて家族もいるのに、少なくない費用を投じてホテルに預ける人。このご時世に三カ月も海外出張に行く人。本当に出張なのだろうか。わずかな情報でひとり勝手に推測し、不満を感じていた。たとえ誤解だとしても解けることはないだろう。アヨンはずっと親切な顔をしたまま、何も尋ねはしないはずだから。ナンと飼い主のことがやたら思い出された。

怯えたポテトはアヨンが帰る時刻になってもキャリーバッグから出てこなかった。のぞき窓から中を見てみると、目を丸くして体を思い切り縮めた。本当に家よりもここのほうが良いのだろうか。ここにいれば人と触れ合い続けられるのだろうか。ポテトの飼い主のことがさらに嫌いになった。


アルバイトを終え、英会話のスタディのために予約しておいたスタディカフェへと走った。英語を手放すわけにはいかなかった。学院やマンツーマン指導は費用がかかるので、フリマサイトや地域のコミュニティカフェ、母校のFacebookで一緒に学ぶ相手を探した。でも時間帯や住んでいる場所が合わなかったり、実力に差がありすぎた。

運良くすべての条件が合う相手と約束にこぎつけたことがあったが連絡がつかなくなった。

メールとメッセージを送っても返事がなく、電話もブロックされたのかつながらなかった。アヨンはムキになって相手の投稿を探し、IDと電話番号を検索した。地域のカフェで出会った人だから、スーパーマーケットや食堂で誰かと目が合うと、もしかしてあの人かもと後をつけたこともあった。

人には言えない事情があったのかもしれないし、急に心変わりしたのかもしれなかった。気が小さかったり、面倒になったり、申し訳なく思っていたり、そうでなければ切り上げ方を知らない性格なのかもしれない。

普段だったら運が悪かったね、で終わらせていただろう。でもそのときは違った。無視された気分だったし、おかしなほどに不愉快な感情から抜け出せずにいた。

アヨンが休憩室でぼうっと座っていると、学校が休みのあいだにフェニックスの特別講座を担当していた大学生のアルバイトの先生がコーヒーを淹れながら声をかけてきた。

「先生も飲みます?」

「いえ」

「じゃあ牛乳は?　それともインスタントコーヒー?　あ、チョコバーもありますけど」

「大丈夫です」

「先生、少し甘いものを食べたほうがよさそうですね」

「えっ?」

何を言い出すのだろうと思った。先生はコーヒーが並々と注がれたマグカップを手に、アヨンの向かい側に座ると言った。

「先生は、うちの塾でいちばんよく笑う人だったのに。ううん、私がこれまで会った韓国人の中でいちばんよく笑う人でした。韓国人っていつも怒った顔をしているでしょ。先生はそうじゃなかった。無表情な瞬間がなかったっていう意味です。でも最近は笑いませんね。こっちまでなんだか悲しくなりそうで」

そうだったのだろうか。英会話のスタディ相手に振られたせいで憂鬱ではあったが、それが表に出ているとは思ってもみなかった。感情の変化に気づかれていたことにも驚いた。信頼感を抱いたアヨンは、ここ数日の出来事を正直に打ち明けた。話してみたら、自分がもっとちっぽけになった気がした。

「私、笑えるでしょう？　大したことでもないのに」

「どうして大したことじゃないんですか？　聞いているこっちが腹立ってきましたけど」

先生のほうがアヨンよりも怒っていたが、出し抜けに留学生の友人を紹介しますよと言い出した。韓国で生まれてすぐに国際養子縁組でアメリカに渡り、アメリカ人として育ったが、K－POPにハマって韓国語を勉強しようと韓国の大学に入ったそうだ。語学学校に通い、アルバイトもしていて、いくつかの勉強会にも頑張って参加している子だ、お互いに助け合えるはずだと。そしてアヨンにK－POPは好きですかと尋ねた。

「好きになりました、今」

週に二回、そのアメリカ人と会うようになった。お互いにハングルと英語で書かれた記事を一つずつ持ち寄って一緒に読み、会話するやり方で進めた。英語も英語だが、関心事があまりに幅広くて考えも深いのでアヨンにはいい刺激になった。何があっても絶対に延期やキャンセルはしない約束だ。

アヨンは先に着いて資料を探しながら待った。アメリカの大統領選挙にかんする記事を選んだら、知らない名前がたくさん出てきた。プリントアウトした余白に気になった内容と検索して見つけた情報をメモするのに忙しく、電話が鳴ったことに気づかなかった。アメリカ人は政治にも関心が深く、予約していた二時間ぎりぎりまで会話したが、まだ話し足りなくて来週も選挙にかんする記事を選んでくることになった。

バス停へと歩きながら不在着信を確認した。不動産会社の社長から四回も電話があり、折り返し連絡してほしいというメッセージも残されていた。こんな遅い時間に。足の力ががっくりと抜け、バス停のベンチに崩れるように座りこんだ。なんの用件だかわかった気がした。

急すぎた。アヨンには行く当てもなく、家財道具は入居したときの二倍になっていた。不動産会社の社長は自宅に倉庫があるから、そこにしばらく保管しても構わないと言ってくれた。

「あんまり心配しないで。できるだけ早く家を見つけてあげるから」

両手をぎゅっと握りしめて自分も倉庫で暮らすと言いたかったが、焦っていると思われてはならなかった。不安で憂鬱な精神状態がバレるのは危険だ。だからいつも余裕しゃくしゃくで、快活なふりをしながら行動してきた。その努力は心を健康にしてくれたが、つらいとき誰にも頼れなくもした。アヨンは助けを求める方法を忘れてしまっていた。

「じゃあ、月曜日に荷物を出したら、私はひとまず叔母の家に行きますね」

「あ、叔母さんが近所にいるの？」

「近所ではないです。ソウルの端と端なので、通勤は往復で四時間近くかかることになります」

ソウルに叔母さんなんていない。母方の二人の叔母はソウルから遠く離れた密陽《ミリャン》と梁山《ヤンサン》で暮らしている。社長はアヨンの胸の内も知らず、それでも良かったと言った。

「少しだけ我慢して。本当にすぐ見つけてあげるから。信じてて。ところで保証金はいくらまで出せる？」

アヨンは右手の指五本を広げてみせた。社長は首をかしげた。

「五、千、万？」

アヨンの口からため息が出た。

「いえ、五、百、万」

今度は社長がため息をついた。

当座に必要な衣類と本、ノートパソコンだけ持っていくことにしたが、大きなスーツケース二つとリュックサックがいっぱいになった。アヨンはひとまずスーツケースを引いて塾に向かった。出勤しなくてはならないが、スーツケースを預けるところがなかった。デスクの先生が目を丸くしながら旅行ですかと尋ねた。

「そうじゃなくて……」

どう弁明するべきかわからなかった。引っ越しをするのですが、退去と入居の日程がうまく合わなくてこうなった、大きな荷物は保管してもらっている、叔母の家が遠すぎるので講師室に数日スーツケースを置かせてもらわなくてはならないと、嘘ではないが百パーセント真実でもない内容を並べ立てた。デスクの先生は黙って聞いていたが、やがて言った。

「おっしゃっていることの意味がさっぱりわからないです」

私も自分が何を言っているのかわからないですと、アヨンは心の中で思っていた。

夜遅くまで塾に残った。行く当てもないのに退勤したって仕方ないと、次のスタディの準備をした。どうせオンライン授業を並行しているからほとんどの先生は出勤してこないし、デスクの先生もいないなら、ひとりしんみりするのも悪くなかった。浄水器もあるし、コーヒーもあるし、カップラーメンにパックご飯もあるし、もちろんやったらダメだけど歯磨きくらいならできるシンク台もある。パソコンもあるし、Wi-Fiも速い。塾から出たくなかった。

計画していたわけではないが塾の出入口を施錠し、講師室の二人掛けのソファに丸くなって横たわった。うつらうつらする。今日一日だけ、このままここで寝ようか。そういえばシャワーも浴びてないな。誰かに気づかれるかな。講師室に監視カメラはないが、出入口の前と講義室にはある。でもリアルタイムで監視するタイプではないから、紛失や火災といった事故でも起きない限り、見る人もいないはずだ。

そのまま眠りに落ちて明け方に目が覚めた。夜にインスタントコーヒーを飲んだせいかトイレに行きたかったし、口の中もすっきりしなかった。周囲は真っ暗で灯りをつけるのがためらわれた。携帯電話のライトで照らし、注意しながら講師室を出た。塾の出入口の向こう側をうかがうと、塾しか入っていない四階に灯りは一つも見えなかった。トイレがある方向は窓もなく、もっと暗かった。誰がトイレの電気まで消していったんだか。錠のかかったガラス戸の内側から外のようすを探っていると、ゾンビ映画の主人公になった気分だった。肩がぶるっと震えた。

　アヨンはガラス戸のバーハンドルを引き、ドアがきちんと施錠されていることをもう一度確かめてから講師室に戻った。できるだけ我慢してみることにした。明け方は少し肌寒く、スーツケースからロングカーディガンを出して布団のようにかぶった。どうして服は着ているときよりも、かぶっているときのほうが温かいのだろう、ああ、トイレ行きたいのにと思いながら眠った。フィルムが貼られた窓ガラスから日差しが差しこんできて目が覚めた。ビルの中に二十四時間営業のサウナがある。サウナで体を洗い、服を着替えてからコンビニに出勤した。

　そうやって数日は塾に泊った。明け方になるとサウナに行き、洗濯物はまとめて近所のコインランドリーで洗った。最初はそんなつもりではなかった。以前に短期で滞在したことのある考試《コシ》テル〔考試院＋ホテルという意味の造語。考試院より施設が整っていて滞在費も高くなる〕に移ろうと空室状況もチェックしておいたのに、講義室で暮らしてみると、部屋も狭く、シャワー室やトイレがつねに不足している考試テルより居心地が良かった。

木曜日になるとデスクの先生がやたらチラチラ見てくるようになった。じっと目を合わせてきたり、ぎこちなく微笑んだりもした。そして退勤時間になると急いでいると言わんばかりに慌てて塾を出ていった。消灯と戸締りをお願いしますという言葉もなかった。落ち着きがなく挙動不審だった。

アヨンもこれ以上寝泊まりするつもりはなかった。大きな損害を与えているわけではないが、それでも道理に反しているのだから。本当に考試テルに移らなきゃ、行かなきゃ、もう少しだけ休んでから、ゲーム一回だけやってから、コーヒー一杯だけ飲んでから、途中のドラマだけ観終えてからと過ごしていると、あっという間に時間が過ぎていった。最後に一度だけ音楽を聴いたら出ようとアプリを開いたとき、がちゃがちゃと出入口が揺れる音がした。アヨンはがばっと立ち上がり、その場に固まった。なんだろう、泥棒かな。隠れなきゃ。辺りを見回していると、カチッという音とともに出入口が明るくなった。唇から血の気が引き、急いで体をすぼめるとしゃがみこんだ。そのとき、きーっと気持ちの悪い引っ掻くような音がして講師室のドアが開いた。

「アヨン先生?」

院長だった。

「本当にここで寝泊まりしているの?」

緊張が解けたアヨンの目から涙がぽとりと落ちた。慌てた院長は右手の親指でアヨンの涙をすっと拭いながら尋ねた。

「どうして泣くんですか?」

「泥棒かと思って。すごく怖かった」

院長は呆れたという表情で笑うと、デスクの先生から聞いたのだと言った。ようやく恥ずかしさが押し寄せてきた。申し訳ございませんと言うと、院長はううんと首を振った。そういう意味で来たのではないそうだ。いくら警備がいてセキュリティが入っていても、テナントビルの夜は安全とは言えない、寝泊まりできる場所はないのと尋ねた。

「今日から考試テルに移るつもりだったんです。引っ越しの日程がうまく合わなかったせいで……」

「それで、いつ引っ越せるの?」

アヨンは答えられず、首をかしげて考えこんでいた院長が訊いた。

「家に来ます?」

「えっ?」

「部屋が一つ空いてるの。完全な空き部屋っていうわけではなくて、書斎だから夜は空くってこと。寝るだけなら、そこでどう?」

不意に院長が現れてから今この瞬間までの展開に戸惑った。目眩がして、両手をぶんぶんと振りながら思い切り拒否した。

「ご家族の皆さんが落ち着かないでしょう。旦那さまも、息子さんも」

「あ、私ね、夫はいないの。言ってなかったっけ? それから息子も、どうせ自分の部屋から出てもこないし。でも先生が居心地悪いなら仕方ないわね。うん、じゃあどうしたらいいかしら?」

「どうして院長先生が悩まれるんですか?」

「じゃあ、見てみぬふりをしろってこと?」

「そうですよ。他人事なのに」

「そうかなあ? 私が心配するのっておかしなことなの?」

アヨンはぎこちなく笑うに留めた。すると院長が自分で答えた。

「でも完全な他人事なんて、この世にはないのよ。歳を取ると、そういうのが増えていく。それが正しいことでもあるし」

そしてふたたび考えに浸った。院長が何を思っているのか、何を言っているのか、ちっとも理解できなかった。アヨンが本や充電器、衣類などを一つ一つスーツケースに詰めていると院長が尋ねた。

「先生、考試院は嫌でしょう。ねえ? 本当に家に来ません? 私にできること、本当にないですか?」

アヨンも院長を真っすぐ見つめて考えた。言いたいこと、実はある。言おうか? やめようか? 言う? 言ってもいいかな? 言ったらダメかな? ええい、どうにでもなれという思いで答えた。

「英語の専任講師を募集していらっしゃいますよね。私も履歴書を出してもいいですか?」

院長は呆気にとられた顔で黙っていた。アヨンは説明した。

「わかっています。私は卒業した大学もイマイチだし、経歴もない、歳ばっかり食ってるってこと。でも英語の勉強も頑張っているし、子どもたちとも仲良しです。筆記試験やデモ授業なら本当にうまくやれる自信があるのに、どこの塾も履歴書と面接だけで選ぶんですよね。私には面接のチャンスはやってきません」

ようやく院長は目をぱちぱちさせると答えた。

「そ、そうね。その、デモ授業をしてみましょう。来週？　来週の木曜日、初等部の授業、それをアヨン先生がやってみるのはどうですか？　私とユン先生が参観しますから」

「本当ですか？　本当にデモ授業ができるんですか？　頑張ります。本当にうまくやりますから。でも、必ず採用してほしいという意味ではありませんので。授業がダメだったら落としてくださって構いません。本当に」

「わかりました。言われなくても、そのつもりです」

院長はうなずいてにこりと笑った。アヨンは院長の顔色をうかがった。

「私、ちょっと無礼でしたか？」

「とんでもない！　絶対にそんなことないですよ！　デスクの先生から話を聞いて、本当にアヨン先生を助けたかったの。よくわからないけど、ただ、若い人をこのまま放っておいたらいけないって気がして。お金を貸そうか、ホテルを予約しようか、家に呼ぼうかとは考えたけど、それは思いつかなかったです。自分に呆れるわ。ほんと笑える」

今回も院長が考えていることも言っていることも、何一つ理解できなかった。

アヨンはぱんぱんのリュックサックを背負い、両手でスーツケースを一つずつ引きながら地下鉄に乗った。よりによって考試テルの空室はいちばん狭くて窓のない部屋だ。考えるだけで息がつまった。ひとまずそこで寝泊まりしながら新しい家を探し、デモ授業の準備もして、どうなるかわからないからアルバイトじゃない、ちゃんとした仕事も探してみる予定だ。それでも急がない、急ぐんじゃない、急ぐのはやめようと自分を落ち着かせた。

閑散とした地下鉄の通路にスーツケース二つを並べ、スマートフォンを取り出した。塾のサイトで初等部の進度表を確認しようとウェブブラウザを開くと、ポータルサイトのメインに〈二〇三〇ヨンクル族〉〔魂まで掻き集めて借金し、不動産投資で成功しようとする二、三十代という造語〕、首都圏マンションの買収が尋常ならぬ勢い〉という記事が通知されていた。記事にずらりと並んだ三十代の事例は、どれもアヨンには縁のないものだった。別世界の話だから、逆にバカバカしいと思うことも腹が立つこともなかった。掻き集めればマンションが買えるという魂は、一体どんな魂なのだろう。私は魂すらも利益にならないんだね。思わず笑ってしまったが、正直笑える話ではなかった。

作家の言葉

この本はアンソロジー『シティ・フィクション、今どちらにお住まいですか?』に収録された短編「春の日パパをご存じですか?」から始まりました。「春の日パパをご存じですか?」を最初に書いたときは、まったく計画していなかった作品です。ところが編集者と小説について意見交換し、原稿の校正を進める過程でソヨン洞に興味が湧いてきました。刊行されてからも小説の登場人物や、その周辺の人びとをよく想像しました。そういう物語が、最終的には小説になるのかもしれません。

アンソロジーに参加するチャンスをくださり、連作小説に仕立ててくださったハンギョレ出版のチョン・ジンハン本部長、ハンギョレ出版文学チームに御礼申し上げます。おかげさまで小さく単純だったストーリーが大きく広がり、つながり、意味を見つけていくことができました。

この小説を書いている間はずっとしんどく、つらく、恥ずかしかったです。

二〇二二年一月

チョ・ナムジュ

日本の読者の皆さんへ

『ソヨンドン物語』の短編のほとんどは、二〇二〇年から二一年のあいだに書きました。韓国の不動産が暴騰していた時期でした。

ある経済研究所は、住宅の売買価格が二〇二〇年に八・三パーセント、二〇二一年に十五パーセント上昇したと報告しましたが、体感はそれ以上でした。ニュースでは、家を見て回って売買を検討していた数日で数千万ウォン値上がりした、必死にお金を貯めているあいだに二、三倍跳ね上がったので、家を持つことを諦めたというケースなどが報道されました。チョンセも同様だったため、値上がりした保証金をとても用意できないという人は、それよりもさらに多かったです。

ひたすら誠実に働き続けてきたのに、自分の給料や労働、時間の価値が底なし沼へと落ちていきました。守ることのできる唯一の手段は家、なかでもマンションのように見えました。持っているものはすべて、魂までもかき集めて家を購入するという〈ヨンクル〉、また値上がりするのではないかという恐怖心から焦って売買を決めてしまうパニック・バイイング（Panic Buying）、成金に対する言葉〈成貧〉という新造語が生まれました。

そして、この文章を書いている二〇二三年末の状況は正反対です。不動産は長い沈滞期に入り、金利は上昇しました。高金利時代が到来するや、無理をして融資を受けていたヨンクル族は利子負担に喘ぐようになりました。家の価格は下落修正され、市場が凍りついて売買自体が行われないため、売却してローンを返済することも難しい状況です。家の価格を安定させるための政策が乱発されたのはたった数年前なのに、今ではバブル崩壊を案じ、ソフトランディングについて悩んでいます。

誠実に働いてマイホームを手にしただけなのに、その家が自分の資産と家庭の安定を脅かしているのです。これから不動産市場がどのような方向に流れていくのかはわかりません。人口まで減少しているのだから、もはや不動産はこれまでだという〈下落論者〉がいると思えば、落ちるところまで落ちたのだから、あとはのし上がるだけだという〈底値論者〉、長い目で見れば韓国の不動産投資が失敗することはないという〈不動産不敗論者〉もいます。

いずれにしても明らかなのは、上昇期であろうが下落期であろうが、不動産はあまりに高額だということです。平凡なサラリーマンに何とかできるような水準ではありません。そして家は生きていく場所というよりも、資産としての価値が大きすぎました。

以前よく通った路地や住んでいた町を久しぶりに訪れると、昔ながらの商店街も、一戸建てが密集していた場所も、空き地や小さな公園も、何から何までマンションになっていました。これ全部に入居するのだろうか、韓国人は全員ソウルに住んでいるのだろうか、と思うほどです。かくいう私もソウルで生まれ、ずっとソウルで暮らしてきたので、こんなことを言う資格はないのですが。

　単にソウルだけの問題ではありません。日本も東京一極集中現象は慢性的な問題だと聞いています。こうした巨大な流れの中に身を置いていると、どこまでも無気力になります。不動産業界で働いているわけでもなく、政策を作る専門家でもない我々にできることは何もないように思えます。それで『ソヨンドン物語』を書くことにしました。

『ソヨンドン物語』は韓国の不動産市場を批判したり、現代人の歪んだ欲望を告発したりする目的で書いた小説ではありません。私が伝えたかったのは、個人ではどうすることもできない時代と社会の不幸を前に、我々はどんな選択をできるのか、どんな態度をとるべきかという悩み、さらには人間らしさを失わずに生きる方法に対する問いかけでした。


　成長期の私が過ごした町は、もうありません。再開発で完全に姿を変えて変貌しました。ずっと昔のことだからか、もう存在しないからか、私はあの場所を懐かしいとは思いません。もう戻ることはできませんが、戻りたい気持ちもありません。ただ、故郷があるということ、懐かしい場所や懐かしい時期、懐かしい人たちがいるというのは、どんな気持ちかと知りたくはあります。

　故郷を懐かしいと思わない代わりに、時々〈ソヨン洞〉について考えます。故郷はなくなりましたが、最初から存在しなかったソヨン洞はどこかにあるはずです。私がいま住んでいる場所もソヨン洞と大差ありません。相変わらず難しく、つらく、恥ずかしいです。でも歳月が流れたいつの日か、〈ソヨン洞〉もいま住んでいる場所も、私にとって懐かしい場所になったらうれしいです。

皆さんには、そういう場所がありますか。

二〇二三年冬、ソウルより

チョ・ナムジュ

訳者あとがき

本書は二〇二二年一月に韓国で刊行されたチョ・ナムジュの連作短編集『ソヨンドン物語』（原題『서영동 이야기』ハンギョレ出版）の全訳である。

〈日本の読者の皆さんへ〉で著者が述べているように、本書はソウルにある架空の町〈ソヨン洞〉が舞台の連作小説だ。各章の登場人物が暮らすマンションや家といった空間に焦点が当てられ、近年の不動産バブルやマイホーム購入、過剰な教育熱、所得格差といった韓国における社会問題が、ソヨン洞の住民の悲喜こもごもとともに描き出されている。本書と同じようにマンションが登場する作品を読んでいると、著者の原体験が少なからず影響しているように感じられる。

――幼い頃、ナムジュの家は山のふもとの町にあった。人々はその場所をタルトンネと呼んだ。ある日、町にマンションが建った。合わせて遊び場も造られた。ナムジュは、町で唯一の遊び場に毎日出かけて行った。滑り台に乗って、シーソーに乗って、ブランコに乗った。

幼いナムジュは、これほど楽しい遊びをしたことがなかった。やがて、同じ町内の子が群れを成してその遊び場へと押しかけた。マンションの住民は顔を顰めた。迷惑がっている気配がありありだった。小さい子どもでも、誰が自分を嫌い、誰が自分を好ましく思っているかはすぐにわかる。それでもナムジュはひるまず遊び場に行った。町に他の遊び場がないから、自然と足がそちらへ向くのだった。すると、人々は壁を作った。ナムジュの町とマンションをつなぐ道を、完全に塞いでしまった。

「部外者立ち入り禁止」

その部外者が、まさに自分と自分の町の人々を指していることに、ナムジュは気がついた

［中略］。

遊び場に背を向けながら、ナムジュは、生まれて初めてある夢を抱いた。マンションに住む、という夢。必ずマンションの部屋を手に入れてやるという夢。マンションに住みながらも義理を守って暮らす姿を、まざまざと見せつけてやりたかった。

『耳をすませば』（小山内園子訳、筑摩書房）第十七回文学トンネ小説賞　受賞作家インタビュー「プリンターのトナーを使いきる前に」（ファン・ヒョンジン）より

このように子どもの頃から憧れの対象だったマンションは、『サハマンション』（斎藤真理子訳、筑摩書房）では超格差社会「タウン」の最底辺層が住む建物として、本書ではようやく憧れの住まいを手に入れたはずなのに……という葛藤や苦悩、煩悩の渦巻く生々しい空間として

登場する。

物語は〈春の日パパ〉を名乗る人物の投稿で幕を開ける。何度かそれらしき人の噂が浮上するものの、その正体は最後まで明かされない。また連作小説という形をとっているため、どの登場人物もソヨン洞を介してつながっており、意外な場面で意外な人物が再登場する。そのあたりの面白さを簡単に振り返ってみたい。

ユジョンとセフンの夫婦が〈春の日パパ〉ではないかと噂するのは、セフンのサッカー仲間でセボムの父親のヨングンだ。不動産問題に苛立つ血気盛んな人物として描かれるが、〈シェリーのママ、ウンジュ〉では少し能天気にも見えるウンジュの夫として再登場する。

バイリンガル幼稚園の卒園生ママたちが〈春の日パパ〉ではないかと噂するのはチャニのママだ。子どもの頃から成績優秀だった賢明な教育者として描かれるが、〈百雲学院連合会の会長、ギョンファ〉では塾経営や家族の問題に頭を悩ませるシングルマザー、〈不思議の国のエリー〉では若い人に理解を示す年長者として再登場する。

現代マンションの管理人が〈春の日パパ〉ではないかと噂するのはアン・スンボクだ。〈ドキュメンタリー番組の監督、アン・ボミ〉では子ども思いの父親として描かれるが、それ以外の場面ではしつこいクレーマー、そして不動産売買で成功した旧世代の象徴として再登場する。

その他にも〈シェリーのママ、ウンジュ〉ではママ友の憧れだったはずのケイのママが、〈教養あるソウル市民、ヒジン〉では騒音トラブルの元凶でありながらも、したたかにしらばっくれる上階の母親として登場したり、〈春の日パパ〉や〈警告マン〉では常識的なエリートのイメージだったユジョンが、同年代の同じ女性でありながら正反対の境遇にある〈不思議の国のエリー〉の主人公アヨンの目には、海外出張のあいだ猫を預ける感じの悪い客として映ったりする。人間は関係性に応じていくつもの顔を使い分ける生き物なのだと、本書を読みながら改めて実感した。

魂までかき集めて不動産投資をする〈ヨンクル族〉という言葉まで生んだ韓国の不動産バブルだが、著者も述べているように最近は異なる様相を見せている。世界的な物価上昇を受け、韓国銀行（中央銀行）が二〇二一年八月から二〇二三年一月のあいだに政策金利を〇・五％から三・五％まで段階的に引き上げたためだ。現在は沈滞期に入ったとされる不動産への意識が年代によって大きく異なる点も興味深かった。不動産投資に固執する四、五十代に比べ、三十代の登場人物は関心が薄い。彼らが消費活動の真の中心世代になったとき、不動産をめぐる局面は新たな変化を見せるのだろうか。

韓国では二〇二三年六月二十八日より、年齢の数え方を国際基準の〈満年齢〉に統一する法律が施行されたが、それ以前に書かれた作品では、ほとんどが数え年で記されている。本書では基本的に満年齢で訳出している点をご了承いただきたい。

素晴らしい作品を世に生み出してくれたチョ・ナムジュさん、編集を担当してくださった筑摩書房の井口かおりさん、そしてこの本に携わってくださったすべての方に感謝申し上げます。

二〇二四年　雨水

古川綾子

著者　チョ・ナムジュ
一九七八年ソウル生まれ、梨花女子大学社会学科を卒業。放送作家を経て、二〇一一年、長編小説『耳をすませば』で文学トンネ小説賞に入賞して文壇デビュー。二〇一六年『コマネチのために』でファンサンボル青年文学賞受賞。『82年生まれ、キム・ジヨン』で第四十一回今日の作家賞を受賞（二〇一七年八月）。大ベストセラーとなる。二〇一八年『彼女の名前は』、二〇一九年『サハマンション』、二〇二〇年『ミカンの味』、二〇二一年『私たちが記したもの』、二〇二二年『ソヨンドン物語』刊行。
邦訳は、『82年生まれ、キム・ジヨン』（斎藤真理子訳、ちくま文庫）、『彼女の名前は』『私たちが記したもの』（小山内園子、すんみ訳）、『サハマンション』（斎藤真理子訳）、『耳をすませば』（小山内園子訳）、いずれも筑摩書房刊。『ミカンの味』（矢島暁子訳、朝日新聞出版）。

訳者　古川綾子（ふるかわ・あやこ）
翻訳家。延世大学教育大学院韓国語教育科修了。神田外語大学講師。NHKラジオ ステップアップハングル講座二〇二一年七－九月期「K文学の散歩道」講師を務める。
主な訳書に『そっと 静かに』（ハン・ガン、クオン）、『走れ、オヤジ殿』（キム・エラン、晶文社）、『最善の人生』（イム・ソルア、光文社）、『明るい夜』（チェ・ウニョン、亜紀書房）、『君という生活』（キム・ヘジン、筑摩書房）、『エディ、あるいはアシュリー』（キム・ソンジュン、亜紀書房）などがある。

ソヨンドン物語《ものがたり》

二〇二四年七月十日　初版第一刷発行

著者　チョ・ナムジュ
訳者　古川綾子
発行者　喜入冬子
発行所　株式会社筑摩書房
東京都台東区蔵前二—五—三　〒一一一—八七五五
電話番号　〇三—五六八七—二六〇一（代表）
印刷
製本
中央精版印刷株式会社

ISBN978-4-480-83221-4 C0097

◉筑摩書房の本◉

彼女の名前は

チョ・ナムジュ
小山内園子／すんみ訳

韓国で130万部、映画化された『82年生まれ、キム・ジヨン』著者の次作短篇集。「次の人」のために立ち上がる女性たち。
解説＝成川彩　帯文＝伊藤詩織、王谷晶

◉筑摩書房の本◉

サハマンション

チョ・ナムジュ
斎藤真理子訳

超格差社会「タウン」最下層に位置する人々が住む「サハマンション」。30年前の「蝶々暴動」とは何か？　ディストピアで助け合い、ユートピアを模索する。

◉筑摩書房の本◉

君という生活

キム・ヘジン
古川綾子訳

『娘について』『中央駅』など、疎外された人々の視点から韓国社会を描いてきた著者の、胸に迫る傑作短編集。出会いとその後。寂寥感と抒情が溢れる。